La poupée qui chantait
et autres histoires fantastiques

Geneviève Steinling

La poupée qui chantait

et autres histoires fantastiques

Copyright © 2024 Geneviève Steinling
Tous droits réservés.
Édition : BoD · Books on Demand GmbH, In de Tarpen 42,
22848 Norderstedt (Allemagne)
Impression : Libri Plureos GmbH, Friedensallee 273,
22763 Hamburg (Allemagne)

ISBN : 978-2-3224-9787-4
Dépôt légal : Novembre 2024

Photo de couverture Istock 158004087 - Studio-Annika

À mes enfants,
Arnaud, Julien, Guillaume, Diana,
À vous qui êtes mes plus grands bonheurs.

SOMMAIRE

La poupée qui chantait : page 11

Sous le pont de l'Esplumoir : page 65

Le cordon était coupé : page 101

La petite fille qui voulait grandir : page 137

Avertissement

À toi qui ouvres ce livre,

Aucune explication ne te sera donnée sur le pourquoi et le comment de ces quatre histoires parce qu'il arrive que certains faits nous dépassent, il nous faut alors accueillir l'insaisissable sans chercher à comprendre.

La poupée qui chantait

Dans la nuit, un cri.
Celui d'une femme couchée dans un lit.
Une jeune fille entre dans la chambre.
— Qu'est-ce qui se passe, maman ?
— Rien … Juste un cauchemar.
— Sacré cauchemar pour te faire hurler comme ça !
— Tout va bien, ma chérie. Ne t'inquiète pas !
— Tu es sûre ?
— Oui. Retourne dans ta chambre !
— Okay… Mais attends…
La jeune fille part et revient.
— Tiens, voilà mon Pierrot !
— Non ! Tu en as besoin pour dormir.
— Ce soir, c'est toi qui en a besoin. Je pose la poupée sur la table de nuit. Elle veillera sur toi.
— Mais…
— Si tu as peur, fais-la chanter !

****

Stéphanie revoyait les images de son mauvais rêve. Sa fille se trouvait au sommet d'une montagne escarpée. Le corps suspendu dans le vide, elle se cramponnait d'une main à un rocher en lançant des appels désespérés.

Stéphanie avait accouru et réussi à saisir la main libre de sa fille.

Au moment où, dans un ultime effort, elle allait la sauver, deux oiseaux avaient surgi.

À coups de bec, ils s'étaient acharnés sur les mains unies jusqu'à ce que les doigts des deux femmes se dénouent.

La jeune fille avait chuté.

Elle gisait sur le sol.

Inanimée.

Stéphanie se retenait de pleurer parce que dans son cauchemar, les larmes qu'elle versait étaient rouges de sang. La scène lui revenait. Quand elle allait sauter pour rejoindre sa fille, son mari l'en avait empêchée.

Instinctivement, elle contracta son corps dans un mouvement de recul.

— Tu étais là, Jean… Mais ce soir, tu n'es pas là, murmura-t-elle.

Elle soupira.

Elle aurait tant voulu qu'il soit à ses côtés pour qu'il l'apaise mais il se trouvait à l'autre bout de la France, contraint d'animer un séminaire de plusieurs jours.

Son retour était prévu pour le lendemain soir.

La lumière du lampadaire de rue se faufilait à travers les volets et donnait une douce clarté à la pièce.

Le regard de Stéphanie s'attarda sur le chapeau de paille qui ornait le mur face au lit.

Elle se revit tressant sur son bord les fleurs qu'elle avait cueillies avec sa fille.

— Elle devait avoir quatre ans, murmura-t-elle.

Il y avait de cela quatorze ans pourtant les fleurs restaient intactes.

— Ces myosotis sont une vraie curiosité, s'était étonnée dernièrement sa belle-mère. Quel est ton secret ?

Stéphanie n'avait pas de réponse à lui fournir et sous son insistance, elle lui avait lancé une boutade.

— Pour ôter la poussière, je souffle dessus, ça doit être ça.

— Tu te rends compte, Stéphanie, c'est grâce à ton souffle qu'elles restent éternelles ! avait réagi sa belle-mère, friande de tout ce qui touchait à l'inexplicable. Tu as ce pouvoir et tu ne le sais même pas.

— Mais non ! avait souri Stéphanie. Mon souffle n'y est pour rien. Je plaisantais.

Sur la table de nuit, Pierrot la regardait.

Le calot noir qui le coiffait mettait en exergue la blancheur de son visage.

Les yeux maquillés fixaient le vide, ils étaient en adéquation avec la bouche qui se fermait sur un sourire triste.

Un vêtement de satin blanc habillait le corps confectionné dans une cotonnade rembourrée de paille. Une collerette en tulle couleur du feu cerclait le cou. La poupée portait de simples espadrilles en toile noire.

Elle tenait dans ses mains un violon.

Quand on remontait la clé qui jaillissait de son dos, le bras gauche levait le manche de l'instrument de musique jusqu'au menton, la main droite frottait l'archet sur les cordes et une voix androgyne entonnait la chanson déjà programmée.

Stéphanie tourna la clé.

Le mécanisme se mit en marche.

La voix de la jeune femme se mêla à celle de la poupée.

À la claire fontaine m'en allant promener
J'ai trouvé l'eau si belle que je m'y suis baigné.
Sous les feuilles d'un chêne, je me suis fait sécher.
Sur la plus haute branche, un rossignol chantait.
Chante, rossignol, chante, toi qui as le cœur gai.
Tu as le cœur à rire… Moi, je l'ai à pleurer.

****

La figure chiffonnée d'une mauvaise nuit, Stéphanie se dit qu'elle allait devoir forcer sur le fond de teint et le fard à joues si elle voulait éviter les remarques de ses collègues du commissariat.

Elle se doucha, s'habilla, camoufla ses traits tirés sous un bon maquillage, but un café et réveilla sa fille.

— Debout, ma chérie ! Je te rappelle que tu dois finir ton dossier pour ton entrée à la Fac. Je fonce au commissariat juste pour la matinée et je prends mon après-midi. Je viens te chercher à midi. Sois prête !

Elles avaient prévu de déjeuner dans un restaurant japonais.

— Réveille-toi, il est l'heure ! insista Stéphanie.
— Oui, oui, tout de suite, ronchonna sa fille.

Stéphanie laissa la porte de la chambre ouverte et alluma la lumière du couloir parce que d'ici à imaginer que sa fille se rendorme, il n'y avait qu'un pas. Elle ferma la porte d'entrée derrière elle, ouvrit celle du garage, s'installa au volant de sa voiture et démarra.

****

À peine avait-elle franchi la porte du commissariat qu'une voix l'interpela :
— Lieutenant Mielo ! Le commissaire vous attend dans son bureau.
— J'enfile ma tenue de service et j'y vais, répondit Stéphanie.
— Faites vite ! Il n'aime pas attendre.

Stéphanie se hâta et deux minutes plus tard, elle frappait déjà à la porte du bureau de son supérieur hiérarchique.

De stature imposante, cheveux courts et noirs comme la barbe qu'il laissait pousser depuis quelques jours, le commissaire fraichement nommé au sein de l'équipe était craint de tous.

Après un bref salut, il confia à Stéphanie une « mission particulière, importante et urgente ».

— Je vous demande la plus grande discrétion car, à part vous et moi, personne ne doit être au courant, précisa-t-il.

— Vous pouvez compter sur moi, Commissaire.

— Très bien. C'est au sujet du dossier Pinot. Une lettre du toubib vient d'être découverte par monsieur de Sinclairon, le nouveau propriétaire du château. Il s'agirait de ses aveux, ce qui représente un élément essentiel pour l'enquête. Vous partez tout de suite pour récupérer la lettre. Vous vous y rendrez avec votre propre voiture.

Stéphanie le regarda avec étonnement.

— Question de discrétion… Vous êtes venue avec votre voiture, n'est-ce pas ?

— Oui, elle est garée sur le parking.

— Bien. Et vous irez seule, sans votre co-équipier.

— J'avoue ne pas comprendre. Nous faisons toujours équipe, lui et moi.

— Je ne vous demande pas de comprendre, je vous demande d'exécuter mes ordres, s'emporta le commissaire.

Son supérieur était réputé pour ses excès de colère quand on lui tenait tête, il prenait cela pour de la provocation et il se mettait à hurler.

Elle se tut.

— Voilà l'adresse, poursuivit-il en lui tendant un papier. C'est à une heure de route, à quelques kilomètres de Soissons. Par ce temps neigeux, le mieux est de vous garer au village et de traverser à pied le chemin de terre qui mène au château.

Stéphanie ne répondait pas.

— Un problème, Lieutenant ?

— J'avais prévu de déjeuner au restaurant avec ma fille. J'avais pris mon après-midi, répondit timidement Stéphanie. Vous aviez signé l'accord.

— Je m'en souviens. C'est pour ça que j'allais vous autoriser d'emmener votre fille avec vous. Vous déjeunerez après m'avoir remis la lettre et tout le monde sera content.

Le règlement interdisait formellement de mêler un membre de sa propre famille à une mission ou à une enquête et Stéphanie n'avait pas l'intention d'y déroger.

— Si vous me permettez, le brava-t-elle poliment, je ne préférais pas. Jamais je ne ferais courir un risque à ma fille, si minime soit-il.

— S'il y avait un risque, je le saurais ! s'énerva le commissaire. Emmenez votre fille avec vous et remettez vos vêtements de ville, ce n'est qu'une formalité. Vous prenez la lettre et point.

— Je n'y vais pas en tenue de service ? Pourtant à chaque fois que…

— Toujours pour une histoire de discrétion. Et bien sûr, vous ne prendrez pas votre arme.

Elle sourcilla.

— Puisque je vous dis que c'est juste une formalité.

— Dans ce cas, pourquoi n'envoyez-vous pas le stagiaire chercher cette lettre ?

— Parce que c'est une pièce importante, soupira le commissaire avec agacement. Faites ce que je vous demande. Allez !

Il était son supérieur, elle était en service et elle devait obéir, elle s'exécuta et sortit.

« Mais j'irai seule, se promit-elle. »

Le commissaire composa un numéro sur son téléphone.

— Elle arrive, dit-il à voix basse.
— Avec sa fille, n'est-ce pas ?
— Oui, je pense.
— Vous en êtes sûr ou vous le supposez ?
— J'en suis sûr à 90 %.
— Ce n'est pas assez ! Sa fille doit impérativement venir, arrangez-vous pour qu'elle l'accompagne.
— Je ne vois pas comment l'obliger à…
— Trouvez ! Et vite ! Ce serait regrettable que vous soyez celui par qui la chaîne se rompt, tonna la voix à l'autre bout du fil.
— Je vais faire mon possible.
— Et qu'elle prenne avec elle sa poupée, évidemment !
— Sur ce point, je n'ai aucun doute, j'ai entendu sa mère dire à ses collègues qu'elle ne s'en séparait jamais. Ce qui d'ailleurs avait provoqué l'étonnement, vu l'âge de la jeune fille.
— J'espère pour vous que vous dites vrai, l'avertit son interlocuteur avant de couper la conversation.

Le commissaire se leva, sortit de son bureau, se dirigea vers le distributeur à boissons et se servit un café noir sans sucre.

Cette pause lui permit de réfléchir à la façon dont il allait s'y prendre. De retour dans son bureau, il composa le dernier numéro appelé.

— J'ai une idée mais il me faut votre accord.
— Eh bien, dites ! Le temps presse.
— Vous pourriez les inviter toutes les deux pour un déjeuner au château.

— Excellente idée ! Elle ne pourra pas refuser.

Le commissaire était loin d'en être persuadé, il savait qu'il allait devoir se montrer persuasif.

****

Au volant de sa voiture, Stéphanie songea à téléphoner à sa fille pour annuler leur rendez-vous car elle savait que jamais elle ne serait de retour pour midi.

Elle se gara le long d'un trottoir et chercha son mobile dans son sac à main, il n'y était pas.

Elle fouilla dans ses poches, inspecta le dessus et le dessous de son siège, de celui du passager. Elle ne le trouva pas.

Elle passa en revue les dernières heures, elle ne se souvenait pas de l'avoir mis dans son sac ni dans sa parka. Il se trouvait donc encore dans son appartement. Elle décida de faire un détour pour le récupérer.

Tout en roulant, elle appréhendait la réaction de sa fille souvent imprévisible et quand elle lui expliqua la situation, elle fut une nouvelle fois surprise, elle s'attendait à tout mais pas à cette réponse-là :

— C'est super ! Je suis prête. Habillée, coiffée, pas maquillée, mais on s'en fiche, plus qu'à lacer mes chaussures, enfiler mon manteau. Je prends prendre mon bonnet et mon écharpe et je te suis.

— Mais non, tu restes ici !

— Pourquoi ?

— Parce que tu as ton dossier à remplir.

— Je le ferai demain, on n'est pas à un jour près.

— De toute façon, aucune personne étrangère n'a le droit de m'accompagner quand je suis en service.

— Je ne suis pas une étrangère, je suis ta fille.

— Ne fais pas l'idiote, tu as très bien compris ce que je voulais dire.

— Ton commissaire n'en saura rien. Et d'abord, tu n'es même pas en tenue réglementaire.

— C'est parce que c'est… C'est… C'est une affaire un peu particulière, se reprit Stéphanie. Je dois juste récupérer un papier.

— Donc tu n'en auras pas pour longtemps. Je t'attendrai dans la voiture et après il sera encore temps d'aller au restau… Tu as vu comme j'ai fait vite, poursuivit-elle.

— Ça, c'est vrai ! Tu n'as jamais été aussi rapide pour nouer les lacets de tes bottines.

— Hé, hé ! Quand je veux, je sais faire vite.

— Reste ici ! Je n'ai pas le droit de te faire courir un quelconque risque.

— Quel risque ?

— On ne sait jamais…

— Maman… Tu sais bien… Faut que je te parle de Charles.

— Tu le feras ce soir.

— C'est maintenant que j'ai envie de t'en parler.

Stéphanie repensa à son cauchemar : était-il un rêve prémonitoire ? Quelques secondes suffirent à l'en convaincre.

Le message était facile à décrypter : « ne pas laisser sa fille seule aujourd'hui ».

Si elle tenait compte de cet avertissement, elle devait accepter que sa fille l'accompagne d'autant que le commissaire le lui avait proposé. L'image du ravin lui traversa l'esprit, le lieu où elle devait se rendre se trouvait à la campagne et non dans les montagnes donc là-bas, sa fille ne courait aucun danger.

— Bon, alors, tu es d'accord ? s'impatienta sa fille.

« Surtout que ce ne sera pas long. Juste le temps de sonner et de prendre l'enveloppe, pensa Stéphanie. »

— Voilà ! C'est ça ! Tu n'en auras pas pour longtemps.

Elle ne s'était pas rendu compte qu'elle venait de penser à haute voix.

— Alors, c'est oui ? insista la jeune fille.

Stéphanie n'avait jamais su lui dire non et elle céda.

— D'accord mais d'abord aide-moi à trouver mon téléphone, c'est pour ça que je suis revenue.

Elles n'eurent pas à chercher longtemps car deux secondes plus tard, une sonnerie venant de la chambre de Stéphanie retentit.

La jeune femme se précipita pour répondre, sa fille la suivit.

Le numéro du commissaire s'afficha.

— Vous êtes déjà en route ? lui demanda-il.

— Je suis chez moi, j'avais oublié de prendre mon téléphone mais je ne vais pas tarder à partir.

— Très bien parce que je viens de recevoir un coup de fil de monsieur de Sinclairon, il vous invite, vous et votre fille, à déjeuner au château. Elle va vous accompagner, n'est-ce pas ?

Comme Stéphanie ne répondait pas, il insista :

— Vous le vexeriez si vous n'acceptiez pas son invitation pour deux.

— Entendu, bafouilla-t-elle, excusez-moi, je dois y aller.

— Je compte sur vous pour honorer son invitation et aussi pour me rapporter la lettre.

— Oui bien sûr, répondit-elle avant de raccrocher tout en sachant qu'elle déclinerait l'invitation qui n'avait rien à voir avec son travail.

— C'était qui ? s'inquiéta sa fille.

— Le commissaire.

— Un problème ?

— Non, rien d'important.

— Je prends ma poupée et on y va.

— Pas ton Pierrot ! soupira Stéphanie.

— Si.

— Il serait temps que tu arrêtes de trimbaler ta poupée partout. Tu ne crois pas ?

— Ma poupée me tient compagnie et je n'ai peur de rien quand je l'entends chanter… Au fait, il n'y a pas qu'à moi qu'elle fait du bien, j'ai entendu cette nuit…

Stéphanie haussa les épaules et tenta un semblant d'autorité.

— Je te préviens, je ne veux pas l'entendre quand je roule.

****

Installée au volant de sa voiture, Stéphanie demanda à sa fille de lui parler de Charles.
— Hier, il m'a avoué qu'il m'aimait depuis toujours, lui confia-t-elle.
— Eh bien, voilà une bonne nouvelle.
— Non ! C'est juste mon meilleur ami.
— Tu aimes un autre garçon ?
— Non… Enfin, oui.
— Oui ou non ?
— Je ne sais pas encore. C'est flou.
— Quand le moment sera venu, tu sauras.
— C'est tellement vague…
— Vague ? Qu'est-ce que tu entends par là ?
— Je n'ai pas envie d'en parler.
— Comme tu veux. Mais tu sais que je suis toujours là si tu as besoin.
— Oui, je sais, maman.

Une heure plus tard, Stéphanie s'écria :
— C'est ici !
Planté en retrait de la Départementale, le village ressemblait à une forteresse dont on aurait abattu les remparts. De la route, on apercevait la toiture de l'immense bâtisse que tous appelaient « le château ».
Elle bifurqua sur sa droite.

Les maisons, toutes identiques et taillées dans la pierre blanche, se dressaient en file indienne sur les deux côtés de la chaussée.

Personne dans la rue.

Aucun commerce à part une petite brasserie.

Stéphanie se gara devant.

— Tu es sûre, maman, que c'est ici ?

— Le château est là, devant.

— Ne me dis pas que c'est là-bas que tu dois aller.

— Si.

— Pourquoi on s'arrête ici alors qu'il se trouve plus loin ?

— Parce qu'on ne peut y accéder que par ce chemin et comme le temps est neigeux, le commissaire m'a dit de me garer au village. J'obéis aux ordres.

— Comme un bon petit soldat, ironisa sa fille.

— C'est mon supérieur et les ordres sont les ordres, riposta Stéphanie. Maintenant tu vas sortir et m'attendre dans cette petite brasserie.

— Ça a l'air bizarre, ici. Tu ne trouves pas ? Il n'y a pas un chat dans la rue.

— Il fait froid et les gens restent chez eux.

— Et les enfants ? Je ne vois pas d'école.

— Ils ne sont pas suffisamment nombreux pour constituer une école.

— Pourtant, il y a une église. Et regarde, là-bas, on dirait une plaque professionnelle…

— C'est celle d'un médecin, l'interrompit Stéphanie.

— Tu as une bonne vue parce que d'ici, je ne vois pas très bien.

— Moi non plus mais je sais que c'est là qu'officiait un généraliste.

— Comment tu le sais ?

— Je le sais, c'est tout.

— C'est en rapport avec ta mission ? lui demanda sa fille en ouvrant de grands yeux.

— Je n'ai pas le droit de t'en dire plus. Sujet clos ! s'emporta Stéphanie.

— Okay ! Okay ! C'est tout de même bizarre, on dirait un village fantôme. Je ne peux vraiment pas venir avec toi ?

— Non. Tu ne peux pas.

— Tu pourrais dire que je suis une stagiaire.

— Stop ! Sors de la voiture !

Le silence régnait en maître.

— Cet endroit me fout la trouille.

— Arrête de te plaindre sans arrêt ! la rabroua Stéphanie qui la prit par le bras et l'emmena à l'intérieur de la brasserie.

— Je n'aime pas cet endroit. J'aimerais mieux t'attendre dans la voiture.

— Ça suffit ! Tu t'assieds, tu commandes un chocolat ou un café si tu en as envie et si tu n'en as pas envie, tu ne commandes rien mais tu ne bouges pas d'ici et tu m'attends ! Compris ! J'en ai pour une heure tout au plus.

— Pas question ! Il n'y a personne sauf le barman et lui aussi a l'air bizarre. Si tu ne me donnes pas la clé de ta voiture, je t'attendrai dans la rue.

— Du chantage, maintenant !

— Maman... J'ai peur...

Debout derrière le comptoir, l'homme d'une quarantaine d'années les observait en silence. De taille moyenne, ni gros, ni maigre, croisant les bras sur une chemise à carreaux, il semblait figé sur place.

« C'est vrai, qu'il n'a pas l'air très rassurant, pensa Stéphanie. »

— Excusez-nous ! Finalement, on ne va pas rester, dit-elle à l'homme qui lui fit un signe de la tête signifiant qu'il l'avait entendue.

Il décroisa les bras et les suivit du regard.

Dans la rue, Stéphanie tendit la clé de sa voiture à sa fille en scrutant les alentours. L'inquiétude se lisait sur son visage.

— Toi aussi tu as peur, lui fit remarquer sa fille.

— Mais non, tu te fais des idées, lui mentit-elle. Tu vas rester dans la voiture. Si tu fermes bien les portières, il ne peut rien t'arriver.

Sa fille soupira mais s'exécuta.

— Et surtout, tu ne quittes la voiture sous aucun prétexte, lui ordonna Stéphanie. Tu m'entends ? Je veux ta promesse.

— Je te promets mais arrête de me parler comme si j'avais deux ans. Maman ! J'ai dix-huit ans !

— Tu as raison, sourit Stéphanie en l'embrassant. Je reviens vite.

La jeune fille verrouilla les portières, regarda sa mère s'éloigner et colla sa poupée contre son cœur. Elle tourna la clé. Pierrot gratta sur sa guitare en chantant. Elle l'accompagna.

À la claire fontaine m'en allant promener
J'ai trouvé l'eau si belle que je m'y suis baigné.
Sous les feuilles d'un chêne, je me suis fait sécher.
Sur la plus haute branche, un rossignol chantait.
Chante, rossignol, chante, toi qui as le cœur gai.
Tu as le cœur à rire… Moi, je l'ai à pleurer.
Il y a longtemps que je t'aime jamais je ne t'oublierai.

****

Stéphanie s'engagea sur le chemin de terre. Elle ouvrit son sac à main, s'assurant que son téléphone était dedans. Elle le prit en main.

Perdue dans ses pensées, elle sursauta et se retourna d'un bond quand elle entendit une voix l'interpeler.

Derrière elle, un homme assis à califourchon sur une bicyclette éclata de rire. Sa bouche laissait entrevoir une denture jaunie par le tabac.

Il mit pied à terre.

— Désolé de vous avoir effrayée. Vous allez chez monsieur de Sinclairon ? C'est ça ?

Elle hocha la tête en signe d'approbation.

— Vous êtes muette ?

— Non, répondit Stéphanie, agacée d'avoir été démasquée.

Elle enfouit machinalement son téléphone au fond de la poche de sa parka.

— Comment savez-vous que je me rends chez monsieur de Sinclairon ?

— Tout se sait dans le village. Vous n'êtes pas en tenue mais vous faites partie du commissariat. Ne me dites pas non, je ne vous croirais pas.

— Lieutenant Mielo, se présenta Stéphanie.

— Enchanté, Lieutenant !... Pawel Banski, facteur ici depuis plus de vingt ans, répondit l'homme, en retour. Puis-je vous accompagner ?

Stéphanie hésitait.

Elle le détailla.

Petit, ventre rond, yeux exorbités soulignés de poches malaires, nez court et lèvres tombantes au-dessus desquelles fleurissait une moustache épaisse. Il portait une casquette bleue à visière et une besace en bandoulière. Sous le rabat à deux pattes munies de boutons aimantés, la sacoche ressemblait à celles qu'avaient autrefois les facteurs de campagne pour distribuer le courrier.

« Un peu désuet, son accoutrement, songea-t-elle en admettant, cependant, que la tenue vestimentaire de l'homme ne pouvait donner lieu à controverse. »

Et même si l'être se différencie du paraître, elle lui accorda sa confiance. Un facteur ne pouvait être qu'un homme respectable et respecté. Cet homme-là était donc inoffensif.

« Et puis, se dit-elle, il pourrait me donner des éléments qui compléteraient l'enquête et elle accepta sa proposition. »

Ils marchèrent côte à côte sans un mot.

— Je la connais, moi, l'histoire, affirma le préposé des postes en brisant le silence, elle remonte à ben plus loin que ça ! Une ben triste histoire. C'était y a trente-six ans exactement. Mary et Peter étaient les enfants d'un lord anglais qui a racheté le château et l'a rénové. Peter avait vingt ans et sa sœur, deux de moins. Il parait que Mary était très belle. Ses cheveux avaient la couleur des épis de blé après la belle saison et ses yeux, celle du myosotis.

— Des yeux couleur myosotis ?

— Oui, vous savez cette couleur bleue un peu particulière… Comment vous expliquer ?…

Stéphanie se taisait.

— Vous n'allez pas me dire que vous n'avez jamais vu de myosotis.

— Mais si ! Bien sûr que si ! On les appelle aussi « oreille-de-souris ».

— Alors là, vous m'apprenez quelque chose, ma p'tite dame, lui répondit l'homme.

« P'tite dame » !… Comme si lui était un géant !… Il commençait sérieusement à énerver Stéphanie et apparemment il n'avait pas l'intention d'en rester là.

— En polonais, myosotis se traduit par niezapominajka, commenta-t-il.

— Heureuse de le savoir.

— Savez-vous ce que ça signifie ?

— Pas du tout.

— Ça veut dire « ne m'oublie pas ». On offre un bouquet de myosotis à une personne pour lui assurer que jamais on ne l'oubliera. Ce sont les fleurs de l'éternité. Qu'est-ce qui vous arrive, M'dame ? Vous êtes toute pâle.

— C'est le froid sans doute, bredouilla-t-elle. Mais pourquoi me racontez-vous tout ça ?

— Je suis d'origine polonaise.

Où l'homme voulait-il en venir ? Que les ancêtres de ce facteur aient été polonais, allemands, indiens, japonais, chinois ou même inuits, Stéphanie n'en avait cure mais l'homme ne comptait pas s'arrêter.

— Peter et Mary s'adoraient. C'était une famille sans histoire jusqu'à ce matin d'hiver. Écoutez-moi bien ! On a découvert le frère et la sœur morts... Morts et...

Il baissa la voix.

— Nus... Ils étaient nus tous les deux !

— Oui. Et alors ?

— Ils étaient allongés à même le sol près de la fontaine.

— La fontaine ? répéta tout bas, Stéphanie.

— La fontaine qui se trouve dans le jardin... L'autopsie a révélé un rapport sexuel récent et du cyanure dans le sang du frère et de la sœur. On les a incinérés et leurs parents ont dispersé leurs cendres dans le jardin avant de repartir en Angleterre, on ne les a jamais revus.

— Une histoire d'inceste entre frère et sœur et un suicide ?

— Chuuuut ! murmura le facteur.

Il stoppa sa marche invitant Stéphanie à l'imiter.

— J'ai aperçu votre p'tiote demoiselle. Ne l'emmenez jamais au château et jamais près de la fontaine. Dans le pays, on l'appelle « la fontaine du diable ».

— Parce qu'il y a eu rapport sexuel ?

— Surtout parce que les âmes des deux enfants planent toujours. Croyez-moi, cette baraque porte malheur.

— Superstition ridicule !

— Vous ne diriez pas ça si vous saviez.

— Si je savais quoi ?

— Personne ici n'en voulait du château. Il est resté à l'abandon jusqu'à ce que Denis Pinot, qui débarquait pour remplacer notre toubib, l'achète pour une bouchée de pain. Vous pensez ! Il a sauté sur l'occasion. Une aubaine pour lui !…

Et comme une crécelle remontée, le facteur expliqua les faits.

— Sa femme était la fille adoptive de ma sœur. On n'a jamais su d'où elle venait mais tout ce que je peux vous dire c'est qu'il l'a tuée.

— Je comprends que vous puissiez être affecté si elle faisait partie de votre famille mais nous n'avons jamais retrouvé son corps.

— Il n'y a aucune preuve mais moi, je les ai entendus. J'ai entendu les coups de feu. J'étais jeune pourtant mais je m'en souviens comme si c'était hier. Et il y a un mois, on a découvert le toubib en pyjama mort dans la neige.

Le facteur se tut un instant et reprit :

— Mais j'y pense, vous faisiez peut-être partie de l'équipe de police qui est venue sur les lieux ?

— Non.
— Pourquoi ?
— Ça ne vous regarde pas !
— Vous avez raison. Mais dites-moi, M'dame, est-ce qu'il vous viendrait à l'idée de vous promener en pyjama dans la neige ?
— Non.
— Vous voyez bien qu'il y a quelque-chose de louche là-dessous.
— Bon, écoutez, Monsieur, laissez la justice travailler sur cette affaire ! Ne vous en mêlez pas !
— Oh là là !... Lieutenant... Euh comment déjà ?
— Lieutenant Mielo, lui répondit-elle sur un ton glacial.
— Vous n'avez pas l'air commode, ils doivent pas s'amuser avec vous au commissariat. J'aimerais pas être sous vos...
— Au revoir ! l'interrompit la jeune femme en accélérant le pas.
Le facteur resta interdit et se reprenant, lui cria encore :
— Je vous aurai prévenue et je vous le répète, n'emmenez JAMAIS la p'tiote demoiselle dans cette baraque du diable ! Vous m'entendez !

****

La neige commençait à tomber. Stéphanie remonta le col de sa parka. Elle décida de ne pas accorder de crédit au récit d'un facteur qui croyait aux revenants.

« Tout ça parce que ce supposé meurtre a eu lieu dans ce qu'ils appellent ici un château, soupira-t-elle. »

L'idée que le facteur puisse avoir tué madame Pinot l'effleura. Il connaissait le village mieux que quiconque et aurait pu l'enterrer là où personne ne la trouverait.

Elle se retourna. Elle aperçut au loin le facteur qui se dirigeait vers sa voiture. Il allait bientôt passer devant.

« J'espère qu'elle a bien verrouillé les portières et qu'elle ne sortira pas de la voiture, se dit-elle en pensant à sa fille. »

Stéphanie frissonna, s'arrêta.

Elle n'était pas rassurée, si sa fille était en danger, elle devait y retourner mais elle se rappela son cauchemar, jamais il n'avait été question de facteur.

« Je me fais des films, se dit-elle. Pas de panique ! »

Et elle reprit sa marche.

Un muret de pierre entourait le château.
Le grand portail en fer forgé était ouvert.
Le jardin, boisé en grande partie, s'étendait sur une centaine de mètres carrés. Le toit de la demeure se recouvrait lentement de neige. Les flocons blancs s'écrasaient sur les arbres nus en un bruit étouffé accompagnant le vent qui soufflait par à-coups comme autant de gémissements sourds et douloureux.

Il régnait une odeur indéfinissable, un mélange de terre humide, de feuilles décomposées, de déchets oubliés, d'excréments d'animaux.

Une lutte se déclencha en elle.

Partir ou avancer.

À cet instant, elle avait encore le choix.

Elle avança.

Le château comportait deux étages bâtis sur un rez-de-chaussée. Des baguettes de bois quadrillaient des fenêtres drapées de rideaux confectionnés dans un voilage blanc.

Stéphanie aperçut une ombre derrière une vitre. On l'attendait.

Elle gravit les marches du perron et resta quelques secondes devant la grande porte en bois de chêne patiné.

Il était trop tard pour reculer.

« Et les ordres, sont les ordres, se motiva-t-elle. »

Sur sa droite, une cloche d'entrée façonnée dans la fonte épaisse était accrochée à un support en triangle fabriqué dans le même matériau et claveté au mur. À l'intérieur de la cloche, pendait une corde. Stéphanie tira dessus.

****

Monsieur de Sinclairon en personne vint lui ouvrir. Le quinquagénaire tout en élégance, costume anthracite, chemise blanche et cravate dans les tons gris, l'accueillit avec un sourire emprunté à une politesse stéréotypée.

Les cheveux mi-long couleur poivre et sel de l'homme tirés en arrière étaient ramenés en un catogan sur la nuque. Ses souliers noirs brillaient d'une cire fraîchement étalée et lustrée.

— Lieutenant Mielo, se présenta Stéphanie après l'avoir salué.

Monsieur de Sinclairon lui prit la main et la gratifia d'un baiser léger.

Ce geste déclencha en Stéphanie l'impression d'avoir été parachutée dans une autre époque.

— Où est votre fille ? Votre commissaire aurait-il omis de vous faire part de mon invitation ?

— Non, il n'a pas oublié et je vous en remercie mais je suis en service commandé. Je prendrai congé dès que vous m'aurez remis la lettre. Je suis désolée, j'ai mes principes.

— Permettez-moi au moins de vous inviter à entrer.

— Ma parka est trempée, il vaut mieux que j'attende ici.

— Non, non, entrez !

Stéphanie, qui craignait de l'offenser, essuya ses chaussures sur le tapis de crin et entra.

— Je ne reste qu'un instant, ma fille m'attend dans la voiture.

Elle ne vit pas le sourire qui s'afficha sur le visage de son hôte, lequel s'employait déjà à élaborer un plan pour faire venir la jeune fille.

« Elle doit nous rejoindre aujourd'hui, se disait-il, pour commencer, je dois neutraliser sa mère, et donc, la démunir de son téléphone. »

Le regard de Stéphanie se posa quelques secondes sur ce qu'on pouvait entrevoir du salon par la porte ouverte. La couleur rose dominait.

Les marches de l'escalier grincèrent, un jeune homme d'une vingtaine d'années descendait à pas de loup. Il était pieds nus. D'une allure moderne et sportive, la tête haute, le corps droit, il salua Stéphanie.

— Mon fils Pierre, précisa monsieur de Sinclairon. Il va vous conduire jusqu'à la chambre.

— Il est inutile que je monte, rebondit Stéphanie. Je n'ai besoin que de la lettre.

— C'est l'endroit où Pierre a trouvé l'enveloppe. Elle est posée sur un fauteuil. Vous venez pour la récupérer, n'est-ce pas ?

— Oui. Mais vous pouvez me la remettre ici.

— Votre commissaire m'a demandé de ne rien toucher jusqu'à votre arrivée.

— Mais... Je ne m'explique pas pourquoi elle est passée inaperçue lors de la perquisition ?

— Vous ne faisiez pas partie de l'équipe ?

— Non.

Elle se souvint que c'était ce jour-là que le commissaire avait pris son poste et que quelques heures plus tard, il quittait le bureau pour « l'affaire Pinot ». Il avait demandé à Stéphanie de tenir la permanence.

— Cette pièce était fermée. Nous ne trouvions pas la clé avant ce matin, précisa monsieur de Sinclairon.

— Pourtant, un collègue m'a dit que cette pièce avait été visitée. C'est étrange que cette enveloppe ait échappé à la police… À moins qu'elle n'ait été rajoutée après.

— Que voulez-vous insinuer ?

Il maintenait son regard dans celui de Stéphanie qui se sentait de moins en moins à l'aise et son état empira lorsqu'il affirma que : « dans cette demeure tout n'est que mystère. »

À cet instant, le téléphone de monsieur de Sinclairon sonna.

— Oui, elle est arrivée, elle est seule, dit-il.

Tout bas, il ajouta : « Je prends les choses en main » et il mit un terme à la conversation.

Stéphanie plissa le front.

Monsieur de Sinclairon la considéra du coin de l'œil.

— C'était votre commissaire.

— Vous venez de lui dire que vous preniez les choses en main. Vous pouvez m'expliquer ?

— Bien sûr, cela signifie que je vais m'assurer que vous emportiez bien la lettre avec vous.

Il fit un signe à Pierre.

— Tu sais ce que tu dois faire.

Le jeune homme hocha la tête.

— Vous allez suivre mon fils mais avant, je vais vous demander de vous déchausser et de laisser vos affaires ici…

« Il a peur que je salisse l'escalier de son beau château, grommela-t-elle intérieurement. »

— Franchement, je ne vois pas l'intérêt de monter, lui objecta-t-elle encore d'un ton sec.

— Ce sont les ordres de votre commissaire.

Elle savait qu'elle ne pouvait s'offrir le luxe de lui désobéir.

— Vous pouvez laisser votre sac sur le meuble ! lui proposa monsieur de Sinclairon.

— Je vous remercie, mais il n'est pas lourd.

Pendant qu'elle se déchaussait, monsieur de Sinclairon commença à avoir des sueurs froides car son plan ne pouvait fonctionner que s'il démunissait Stéphanie de son téléphone. Or, il lui semblait logique que ce dernier se trouvât dans son sac.

« Avec un peu de chance, espéra-t-il, il pourrait être dans une des poches de sa parka. »

— Si vous pouviez aussi ôter votre parka…

— Oui bien sûr, répondit Stéphanie.

Elle l'eut à peine ôtée que déjà il s'en emparait.

Il sentit la forme d'un téléphone dans une poche.

Il fit un mouvement de tête dans la direction de Pierre lui signifiant que c'était à lui de prendre le relai. Aussitôt, le jeune homme pria Stéphanie de le suivre.

Elle mit le pied sur la première marche.

Brusquement, elle s'arrêta.

Le cœur de monsieur de Sinclairon s'alarma.

À tort…

Ce n'était pas, comme il le présumait, à son téléphone que Stéphanie pensait mais à sa fille.

****

Cette dernière avait vu le facteur revenir du chemin de terre.

Il avait stoppé sa marche devant la voiture et tapé au carreau. Elle avait descendu la vitre.

— Je suis le facteur du village. J'ai croisé votre mère, lui avait-il dit. Surtout, jolie demoiselle, n'allez pas la rejoindre.

— Ce n'est pas prévu. Ma mère va revenir vite.

— Je l'espère pour vous parce que ce château est maudit.

« Il n'a pas l'air net, celui-là ! avait-elle pensé en remontant la vitre. »

— Vous êtes comme votre mère. Vous ne voulez pas me croire. Tant pis pour vous !

Et il s'était éloigné.

« Comme il ne se passe rien ici, les gens s'inventent des histoires, avait conclu la jeune fille. »

****

Stéphanie se reprit et continua de monter.

La rampe était peinte en blanc et les escaliers, façonnés dans du marbre rose. Pierre tenait au creux de sa main une grosse clé en fer à l'anneau ovale et au panneton rond sans rouets.

La jeune femme fixa la clé avec étonnement et inquiétude car elle ressemblait à celle qui se trouvait au dos de la poupée de sa fille mais d'une taille supérieure.

Ils arrivèrent au deuxième en silence.

Pierre alluma la lumière de l'étage et, toujours suivi de Stéphanie, emprunta le couloir.

Le parquet en chêne grinçait sous leurs pas. Une odeur de rance flottait dans l'air.

Stéphanie aperçut les photographies qui ornaient les murs et son ventre se crispa.

Insérées sous des rectangles de verre, elles représentaient toutes une fontaine. La même ! Prise sous différents angles. Deux oiseaux, scellés dans la colonne érigée sur une hauteur égale à celle d'un homme de taille moyenne, crachaient de l'eau dans le bassin rond.

Elle se rappela les mots du facteur, il parlait de la fontaine comme étant du diable.

Elle s'arrêta devant l'une des photos et redessina avec un doigt le contour des deux oiseaux.

— Ce sont des rossignols, précisa Pierre en marquant un temps entre chaque syllabe.

Puis, il sifflota l'air de la poupée.

Un frémissement s'empara de Stéphanie.

— Vous tremblez ?

— J'ai… J'ai un peu froid, bafouilla-t-elle.

— Marchons plus vite, proposa Pierre.

Le couloir semblait interminable, la jeune femme avait l'impression qu'il s'allongeait au fur et à mesure qu'elle avançait.

Où se trouvait la chambre ?

Ce couloir aux murs garnis de photographies ne comportait aucune porte.

Elle pivota son corps vers l'arrière, elle avait la sensation d'être suivie.

— C'est encore loin ? demanda-t-elle.

— Nous venons à peine d'arriver à l'étage, ricana le jeune homme.

Ainsi, la peur qu'elle ne parvenait pas à maîtriser s'en prenait à son cerveau qui maintenant lui jouait des tours !

Son cœur s'accéléra, il ne se calma que lorsque Pierre lâcha la phrase qu'elle attendait :

— Nous y sommes.

— Je prends la lettre et je m'en vais, dit-elle précipitamment au jeune homme.

Il ne répondit pas.

Deux portes n'étaient distantes l'une de l'autre que d'une quarantaine de centimètres. La première était en bois brut ; la deuxième, peinte en rose.

Stéphanie interrogea Pierre du regard.

Sans un mot, il tourna la clé dans la serrure de la seconde porte.

— Je vous laisse faire, lui dit-il, en restant sur le pas de la porte.

Elle avança.

Il recula d'un pas, de deux, et…

Et avant qu'elle ne réagisse, il claqua la porte derrière lui et tourna la clé dans la serrure.

****

Elle resta quelques secondes médusée puis croyant à une plaisanterie, elle se mit à rire.

— Mais pourquoi vous m'avez enfermée ? Vous avez peur que je me sauve, ou quoi ? Ouvrez-moi !

De l'autre côté, aucune réponse.

— Jeune homme, si c'est une farce, ce n'est pas drôle.

Elle cogna sur la porte, sur le mur, tapa du pied puis s'arrêta et le silence prit toute la place…

Lourd…

Effrayant…

Désarçonnant…

Les paroles du facteur s'imposèrent et son corps se raidit.

Pourquoi le commissaire avait-il insisté pour qu'elle se rende sur ce lieu incognito et avec sa fille ? De surcroît non armée ? Et elle, comme une imbécile, elle avait laissé son téléphone dans sa parka…

Son esprit cartésien fit surface :

« Je me fais encore des films. »

Mais Pierre ne se manifestait pas et elle cogna à nouveau à la porte.

Aucune réponse.

Et c'est seulement à ce moment qu'elle mesura le danger de la situation.

La porte était fermée. Il restait la fenêtre.

Elle appellerait ! Elle crierait ! Il y aurait bien quelqu'un pour l'entendre ne serait-ce qu'un employé de la maison. Monsieur de Sinclairon devait avoir du personnel à son service même si, à y réfléchir, elle n'avait vu personne d'autre que lui et son fils.

Derrière la vitre, elle aperçut la fontaine.

Elle déploya ses forces pour ouvrir la fenêtre.

En vain.

Il s'agissait de ne pas perdre son sang-froid, elle fit un tour sur elle-même balayant des yeux la pièce couleur rose dragée et s'approcha du fauteuil rouge, seul meuble de la pièce. Elle décacheta l'enveloppe, la vida de son contenu.

Sur la première des feuilles volantes numérotées, le titre :

MES CONFESSIONS - DENIS PINOT.

À cet instant, elle entendit du bruit venant du couloir.

— Vous êtes revenu ? cria-t-elle, la bouche plaquée à la porte ?

De l'autre côté, le silence.

—Vous êtes là, oui ou non ? hurla-t-elle.

— Oui, répondit le jeune homme.

— Ouvrez cette porte et laissez-moi sortir !

— Pas encore.

— Pourquoi vous ne répondiez pas quand je vous ai appelé ? Il me semble pourtant que je criais suffisamment fort pour me faire entendre.

Sa question restait sans réponse et elle perdit patience.

— Le jeu a assez duré, s'énerva-t-elle en donnant des coups sur la porte. Ouvrez-moi !

— Non.

— Et votre père ? Où est-il ?

— Il n'est pas mon père, il est mon tuteur.

— Qu'il soit votre père ou votre tuteur, j'en ai rien à faire ! Ouvrez-moi !

— Vous pourrez sortir mais après.

— Après quoi ?

— D'abord, lisez la lettre !
Elle entendit les pas de Pierre s'éloigner.

****

Au-rez-de-chaussée, monsieur de Sinclairon était en ligne avec le commissaire à qui il venait de demander de joindre la fille de Stéphanie.

— En cherchant dans son dossier, vous trouverez facilement son numéro de téléphone.

— Oui, pour ça, aucun problème.

— Très bien, vous allez l'appeler et lui dire de venir rejoindre sa mère au château.

— Elle n'est pas avec sa mère ?

— Non.

— Pourtant, sa mère m'avait dit que…

— Pour l'instant, votre lieutenant est enfermée dans la chambre rose, l'interrompit monsieur de Sinclairon, et je lui ai confisqué son téléphone. Sa fille vous connait n'est-ce pas ?

— Je ne l'ai vue que… deux fois. Oui, c'est ça, deux fois.

— C'est suffisant pour qu'elle reconnaisse votre voix.

— Vous m'avez dit avoir récupéré le téléphone de sa mère. Écrivez-lui un SMS !

— Encore faudrait-il que je connaisse le code pour débloquer l'appareil.

— Effectivement !

— Sa fille ne se doutera de rien si vous l'appelez. Trouvez une excuse pour justifier que c'est vous qui l'appelez. Soyez créatif ! Et vite !

Et l'homme raccrocha.

« Il en a de bonne, grommela le commissaire. Être créatif ! C'est tout ce qu'il a trouvé à me dire ! »

Il s'agissait de trouver un argument et vite.

Il réfléchit, griffonna quelques mots sur un papier et le déchira.

« Non, je dois me mettre dans la tête de sa mère et penser à sa manière. Je dois lui donner un détail qui ne mettra pas en doute la véracité de mon appel. »

Il avait remarqué que Stéphanie était du genre « mère protectrice » et au bout de quelques minutes il s'écria :

— J'ai trouvé !

Il composa le numéro sur son téléphone.

À l'autre bout de la ligne : le répondeur, il laissa un message.

****

Au deuxième étage du château, Stéphanie avait pris place dans le fauteuil rouge.

Elle avait évalué le paquet de feuilles : « une dizaine de pages, ça devrait aller vite » et elle avait commencé la lecture.

Je m'appelle Denis Pinot et je suis médecin généraliste. L'année de mes cinquante-quatre ans, j'ai repris le cabinet médical du Docteur Caradeau qui venait de décéder.

Je cherchais un logement quand le maire du village m'a parlé d'une bâtisse en vente qui avait appartenu à un lord anglais.

On murmurait dans les chaumières que, devenus adolescents, ses deux enfants s'étaient aimés d'un amour incestueux. On les avait découverts un matin près de la fontaine, morts, nus et enlacés. Il s'est bâti une légende autour des deux jeunes gens dont les âmes seraient condamnées à errer près de la fontaine.

Partant de là, aucun des villageois ne souhaitait acquérir la demeure. Je n'ai pas écouté leurs racontars et je suis devenu propriétaire du « château », comme tous le dénommaient.

L'exercice de ma profession était ma priorité, j'étais disponible vingt-quatre heures sur vingt-quatre et le bouche à oreille a drainé une clientèle venue des villages voisins.

D'une dimension moyenne, le château était, malgré tout, trop grand pour moi. J'ai songé à louer une partie et j'ai affiché une petite annonce dans la salle d'attente du cabinet médical.

Mania s'est présentée, je pensais qu'elle était intéressée mais elle m'appelait pour visiter madame Banski, la sœur du facteur, qu'elle considérait comme sa mère.

Veuve et sans enfant, madame Banski avait adopté la jeune fille dix-huit ans plus tôt.

Elle l'avait trouvée emmaillotée dans une couverture devant sa porte.

Ce jour-là était un 15 août, fête de l'Immaculée Conception pour les catholiques. Elle a tout naturellement donné le prénom de la Sainte Vierge à ce cadeau tombé du ciel en le traduisant dans sa langue natale. Marie est devenue Mania.

J'ai tenté de soigner madame Banski mais un mois plus tard, elle succombait à une embolie pulmonaire.

J'éprouvais un drôle de sentiment pour Mania. J'avais toujours crié haut et fort les avantages d'un célibat mais j'étais tombé amoureux.

J'avais trois fois son âge, j'aurais pu être son père, rien cependant n'aurait pu m'arrêter, je lui ai demandé de m'épouser.

Elle a posé une condition : que notre mariage reste blanc. Espérant que le temps intervienne en ma faveur, j'ai accédé à sa requête et nous nous sommes mariés. Dès lors, il n'était plus question de trouver un locataire. Nous occupions chacun un étage. Elle, le deuxième, moi, le premier. Nous partagions le rez-de-chaussée.

Notre différence d'âge a fait jaser dans le village. Certains disaient que Mania était une intrigante et qu'elle me ruinerait. Je n'ai pas écouté leurs commérages.

Parfois, telle une enfant, elle s'asseyait sur mes genoux, elle posait son regard bleu dans le mien, l'instant d'après, elle fermait les yeux et je caressais ses longs cheveux blonds.

Dans ces moments, elle avait un sourire troublant. On aurait dit que sa petite bouche bien ourlée cachait un lourd secret.

Mon travail me prenait beaucoup de temps, je m'absentais toute la journée et ne rentrais que le soir. Quand Mania m'entendait, elle venait à ma rencontre, sautait à mon cou et m'embrassait sur les deux joues. Pendant le dîner, elle me racontait ses journées : elle s'affairait aux tâches ménagères, lisait, jardinait, brodait ou faisait de grandes marches dans la forêt.

Je répète, je l'aimais et sa seule présence remplissait ma vie de bonheur.

Ce matin tragique, je me suis réveillé en sursaut. Je venais de rêver de ma femme, elle était enceinte alors que nous n'avions pas consommé notre mariage. Elle m'apprenait que nous aurions une fille. Nous nous trouvions au deuxième étage dans la chambre rose, celle qui jouxtait la sienne.

Je n'y mettais jamais les pieds. Mania m'avait affirmé que la porte de cette pièce restait toujours fermée mais ce rêve avait mis le doute en moi.

Nous possédions chacun une clé de toutes les portes de la demeure. Elle était en droit d'y pénétrer et moi aussi. Je suis monté.

Pas un bruit.

« Mania dort encore, me suis-je dit en faisant le moins de bruit possible. »

La porte de la chambre rose était fermée.

J'ai tourné la clé dans la serrure et je suis entré. Rien n'avait changé et mis à part le fauteuil rouge qui trônait à la même place, la pièce était vide.

La fenêtre était ouverte.

« Probablement l'œuvre du vent, ai-je supposé. » Je l'ai refermée. Il neigeait.

Le plancher vétuste et cendreux prouvait que Mania ne m'avait pas menti, elle n'y entrait pas. Sur le sol, un petit coin de papier brillant dépassait d'une latte de bois légèrement décalée par rapport aux autres, je l'ai amené jusqu'à moi.

J'ai découvert une photo en noir et blanc, carrée et crénelée, un peu jaunie. Dessus, une femme souriait et cette femme était la mienne. Un homme de son âge l'encadrait de son bras.

Dans un geste de colère, j'ai déchiré la photo. J'avais mal mais je voulais souffrir au point de ne plus ressentir la douleur, me perdre dans ma détresse jusqu'à ce que je chavire dans l'inconscience, c'est pourquoi j'ai rassemblé les morceaux de la photo et je me suis mortifié à regarder Mania amoureuse d'un autre.

Derrière eux, se dressait la fontaine du jardin. J'ai dessiné un triangle avec mes yeux, dix fois, cent fois, mille fois. C'était un triangle isocèle : l'homme, la fontaine, Mania... Mania... Ma petite Mania !

La fenêtre s'est ouverte, j'ai entendu une voix d'homme suivie de celle d'une femme...

La voix de ma femme !

Les sons qui me parvenaient ressemblaient à des gémissements de plaisir.

Une folie sourde s'est emparée de moi, je ne me contrôlais plus, ils devaient mourir. Tous les deux.

Il m'arrivait de chasser le chevreuil, j'ai pris mon fusil, je l'ai rechargé et j'ai bondi dans le jardin ainsi vêtu en pyjama et charentaises.

Arrivé devant la fontaine, je les ais vus. Ils étaient là. Deux corps nus sur le sol, entortillés l'un dans l'autre comme les vrilles d'une vigne.

J'ai murmuré : Mania !

J'ai crié : Mania !

J'ai hurlé : Mania !

Elle n'a pas tourné la tête.

L'homme non plus.

J'ai levé mon fusil, visé et tiré. Les balles sont parties l'une après l'autre.

Je suis resté là, abruti, incapable de comprendre mon geste puis, comme un automate, j'ai fait demi-tour.

Mes mains ont saisi le combiné du téléphone et ma voix a appelé le commissariat. Une équipe de policiers est arrivée dans la demi-heure.

J'ai cherché les morceaux de la photo. Ils avaient disparu.

Le facteur nous a rejoint, il a parlé des coups de feu en précisant qu'il en avait entendus dix-huit.

Nous nous sommes rendus à la fontaine.

Parvenu à l'endroit du crime, l'épouvante qui m'a ébranlé dépasse l'entendement car les corps s'étaient volatilisés. À leur place, de la neige. Rien que de la neige ! Épaisse et percée par les balles de mon fusil.

Le commissaire les a comptées. Elles étaient au nombre de dix-huit.

— Vous me croyez, maintenant ! a dit le facteur et regardez ! Il y a quelque chose sur les balles.

Ce « quelque chose » a été analysé par les laboratoires de la police scientifique. Ils ont découvert une texture indéfinissable qui avait quelques similitudes avec celle du sperme mais certaines substances dites « inconnues » ont annihilé toute certitude.

L'affaire a été médiatisée, les avis partagés, certains m'ont pris pour un criminel, d'autres pour un déséquilibré.

Un des psychologues qui m'a examiné a certifié, sa main à couper, que j'avais éjaculé dans mon jardin. Il a prétendu qu'en tirant des balles sur mon sperme, c'était pour moi une façon de tuer ma progéniture. Les autres ont émis des hypothèses plus modérées ou au contraire, plus fantaisistes et en l'absence de corps, l'affaire a débouché sur un non-lieu.

Mania avait disparu, les moyens mis en œuvre pour la retrouver ont pris des proportions nationales et même internationales.

Malgré cette mobilisation, ma femme est restée introuvable.

Les évènements ont eu un impact sur ma clientèle qui est devenue de plus en plus rare. J'ai continué à vivre malgré tout au château et ce, toujours dans l'espoir que Mania revienne.

C'était il y a dix-huit ans… Dix-huit ans à survivre avec l'ombre de ma femme.

Aujourd'hui, j'ai soixante-douze ans.

Si j'écris cette lettre c'est parce que cette nuit, j'ai fait le même rêve que jadis. Comme à cette époque, je suis monté en tenue de nuit et je me trouve dans cette même chambre restée fermée depuis le drame.

Une chose étrange s'est produite quand j'ai ouvert la fenêtre pour chasser l'odeur de renfermé : un courant d'air a déposé une photo, celle-là même que j'avais déchirée. Elle était en un seul morceau.

Inutile de chercher à comprendre par quel pouvoir le vent l'a soufflée jusqu'à moi et par quelle magie la photo m'est restituée entière, je ne saurais y répondre.

Et me voilà devant ces deux visages amoureux : Mania et cet homme.

Et derrière la photo… Non ! Non ! C'est impossible ! Non !

Je m'arrête un instant. Le souffle me manque, mon cœur va céder.

Je reprends la lettre. Ma main tremble.

Vous comprendrez le trouble qui m'assaille quand vous saurez qu'au verso de la photo, je viens de lire ces mots : « Mary et Peter pour l'éternité ».

J'aurais dû voir cette inscription il y a dix-huit ans, pourtant elle m'a échappée.

Qui est sur la photo ? Si ce n'est pas Mania… Qui est-ce ? Mary ? Mary et Peter ? Les enfants incestueux. Comment cela est-il possible ?... Cette incroyable ressemblance…

Tout s'embrouille… Tout…

Quelque chose de plus fort m'incite à retourner à la fontaine… Mania est peut-être revenue. Elle m'attend… Oh Mania ! Mania, mon amour ! J'arrive !

Le journal s'arrêtait là.
Aucune date, aucune signature.

****

« N'importe qui aurait pu écrire cette lettre, pensa Stéphanie. »

En admettant que cette confession ait été écrite de la main de Denis Pinot, rien ne prouvait qu'il ait commis ce crime puisque personne n'avait retrouvé l'un ou l'autre des deux corps.

Qui les avait déplacés ?

Denis Pinot ?

Cette dernière supposition sembla peu probable à Stéphanie.

Et si Mania avait eu un amant ?

Si Denis Pinot les avait découverts, ils auraient pu s'enfuir avant qu'il n'arrive jusqu'à eux. Et si tout simplement, il avait eu une vision des deux corps étendus et qu'il avait tiré sur la neige croyant les atteindre l'un et l'autre ? Il aurait pu être dans le déni complet et réinventer l'histoire. Certes, on avait retrouvé les balles. Elles étaient les seules pièces à conviction qui, finalement, ne constituaient pas une preuve.

Cette confession relatait les faits mais ne révélait aucune explication.

En ce qui concernait la mort de Denis Pinot, elle avait été probablement provoquée par le froid surtout s'il souffrait d'une insuffisance cardiaque.

Mania aurait pu réapparaitre sciemment pour provoquer un choc fort au point de tuer son mari puis disparaître et se manifester ensuite car s'il mourait, elle devenait son héritière.

Aucune piste ne devait être négligée.

Les aveux de Denis Pinot ne mettaient pas un terme à l'affaire, au contraire, ils allaient permettre la réouverture de l'enquête.

Elle se leva, frappa à la porte :

— J'ai terminé. Vous pouvez m'ouvrir. Ohé, ouvrez-moi, j'ai fini ! J'ai tout lu.

Aucun écho.

Aucune vie derrière la porte.

Elle insista de longues minutes mais elle se heurta encore au silence. Personne ne l'entendait... Ou bien ne voulait l'entendre.

Son cauchemar de la nuit écoulée la submergea et elle pensa à sa fille. Elle marcha jusqu'à la fenêtre. Son regard s'arrêta sur la fontaine.

Sa mémoire lui renvoya la phrase du préposé des postes :

« On l'appelle « la fontaine du diable. »

« Secoue-toi, Stéphanie ! se raisonna-t-elle, et arrête de croire aux idioties de ce facteur ! »

Elle avait beau faire, ses mots n'en finissaient pas de résonner en elle :

« N'emmenez pas la p'tiote du côté de la fontaine ! »

Sa fille était en sécurité dans sa voiture mais elle pourrait s'impatienter et venir la rejoindre.

— Je dois sortir de là le plus vite possible, murmura-t-elle.

Et elle tambourina plus fort contre la porte.

****

Ça faisait plus de deux heures que sa mère était partie. La jeune fille s'était assoupie. Quand elle ouvrit les yeux, sa première pensée fut pour sa mère et la deuxième pour le facteur.

Ce dernier lui avait parlé d'un château maudit.

Et si sa mère était en danger ?

Elle devait en avoir le cœur net, sa mère lui avait demandé de ne pas bouger de la voiture mais elle ne lui avait pas interdit de l'appeler ou de lui envoyer un message.

Elle prit son téléphone en main.

« Merde ! s'écria-t-elle. Il était sur silencieux. »

Elle se rappela avoir coupé le son le matin pour ne pas avoir à répondre à Charles. D'ailleurs, il lui avait envoyé deux SMS.

Elle découvrit un message vocal provenant d'un numéro inconnu. Elle l'écouta.

« *Bonjour, je suis le commissaire de votre maman qui se trouve actuellement chez monsieur de Sinclairon. Elle a cassé son téléphone et elle ne connaît pas votre numéro par cœur. Par chance, nous l'avons noté dans son dossier d'embauche. Pour gagner du temps, elle m'a chargé de vous faire passer le message et vous demande de la rejoindre au château pour déjeuner. Elle vous recommande de bien verrouiller les portières. Bon appétit !* »

« Ah ça, c'est bien maman ! se dit la jeune fille. Elle me recommande de bien fermer les portières ! Comme si j'allais les laisser ouvertes ! »

Elle répondit au commissaire par un texto pour le remercier et lui assurer qu'elle se rendait au château.

À l'instant où elle envoya son message, la mise en garde du facteur lui revint encore.

Elle eut une seconde d'hésitation puis se dit que c'était le commissaire en personne qui l'avait appelée. Elle avait reconnu sa voix autoritaire, donc tout allait bien et même très bien puisque le châtelain leur offrait un repas.

Elle coiffa sa tête de son bonnet, noua son écharpe autour du cou, empoigna son sac ainsi que sa poupée, sortit de la voiture, la verrouilla, mit le trousseau de clé dans sa poche et prit la direction du château.

****

— Où allez-vous p'tiote demoiselle ?

Le facteur lui barrait la route.

« Qu'est-ce qu'il fait ici, celui-là ? se dit-elle. »

— Vous m'espionniez ? lui lança-t-elle.

— Mais pas du tout ! Je reviens de ma tournée. Je suis le facteur du village.

— Je sais, vous me l'avez déjà dit. Et comme par hasard, vous êtes là juste au moment où je sors de la voiture ?

— Je dois vous empêcher d'aller là-bas.

— Vous m'espionniez, j'avais raison.

— N'y allez pas !

— Ma mère me demande de la rejoindre alors si vous permettez…

— C'est elle qui vous a appelée ?
— Non. C'est le commissaire.
— Pourquoi ce n'est pas elle ?
— Elle a cassé son téléphone.
— Vous ne trouvez pas ça louche ?
— Arrêtez d'inventer des choses pour me faire flipper !
— Cette baraque porte malheur. Je suis bien placé pour le savoir, je peux vous raconter l'histoire et...

Brusquement, il s'interrompit et hurla :
— La poupée ! Vous avez la poupée. Donnez-la-moi !
— Jamais !

Elle prit les jambes à son cou sous le regard du préposé des postes qui resta les bras ballants en hochant la tête.
— Je ne peux plus rien pour elle !

Et il la regarda s'éloigner.

****

À l'instant où elle passa le portail du château, elle eut cette sensation étrange du « déjà vu ».

Cette demeure ne lui était pas étrangère pourtant elle était certaine de ne jamais être venue là.

« Peut-être à la télé, songea-t-elle. Un reportage sur le lieu... »

Son regard se perdit au loin, il scrutait l'horizon.

Au fur et à mesure qu'elle avançait, ses gestes ne lui obéissaient plus. Elle se débarrassa de son écharpe et de son bonnet qu'elle jeta sur le sol. Son sac tomba à terre.

Elle continua sa route en déboutonnant son manteau et l'abandonna sur la neige, elle se déchaussa, ôta et sema sur son chemin chaussettes, pantalon, pull, soutien-gorge et culotte.

Nue, tenant Pierrot contre son sein, elle s'engagea en direction de la fontaine.

****

Dans le même temps, derrière la vitre, Stéphanie imaginait la scène racontée par Denis Pinot.

La margelle de la fontaine était couverte d'une épaisse couche de neige.

À force de fixer la poudre blanche, des petites étincelles tournicotèrent devant ses yeux et deux prénoms dansèrent côte à côte : Mary et Mania !

Les jeunes filles avaient toutes les deux les cheveux blonds. Les yeux de Mary étaient de la couleur du myosotis selon les dires du facteur ; ceux de Mania, bleus, d'après Denis Pinot, et ce dernier les avait confondues sur la photo.

Stéphanie comprit soudain le lien qui unissait sa fille au château, il tenait à un prénom, à un seul, celui de la Sainte Vierge.

Mary ! Mania ! Marie !

Marie était le prénom qu'on avait attribué à sa fille au centre d'adoption. Stéphanie était stérile et dix-huit ans en arrière, on leur avait remis ce bébé à elle et à son mari. Dès qu'ils s'étaient trouvés dans la rue, Marie s'était mise à pleurer. Jean avait trébuché sur une poupée, il l'avait ramassée et avait découvert la clé au dos, il l'avait tournée remontant ainsi le mécanisme. Aussitôt, Marie s'était calmée. Jamais, la poupée ne l'avait quittée.

Stéphanie revoyait le visage de sa fille. Ses yeux… Ses cheveux… Et elle se rappela une conversation. C'était le week-end passé.

Jean avait taquiné Marie :

— Tu changes ces temps-ci. Tu vas faire des ravages avec tes yeux bleus et tes cheveux blonds. Ne vous a-t-on jamais dit, Mademoiselle que vos yeux ressemblaient à du myosotis perdu dans de la paille fraichement cueillie ?

— Tu deviens poète en avançant en âge, s'était moquée gentiment Stéphanie.

Et ils furent pris d'un rire communicatif.

Stéphanie suffoqua.

Peter, le frère de Mary… Pierre… Peter et Pierre, le même prénom, l'un en anglais et l'autre en français. La vingtaine tous les deux.

Peter… Pierre… Pierrot…

Marie était en danger… En danger de mort.

Les yeux toujours fixés sur la fenêtre, Stéphanie ne pensait plus qu'à Marie et quelques secondes plus tard, ce furent des appels désespérés qu'elle lui lança.

Juste devant elle… Derrière la vitre… Elle la voyait avancer.

— Non ! Non ! Marie ! Marie ! Pars ! Sauve-toi ! Pourquoi tu es venue ? Pourquoi tu ne m'as pas écoutée ? Pourquoi tu es sortie de la voiture ?

Elle tapait et tapait au carreau appelant sa fille, criant, hurlant.

Elle cognait de plus en plus fort.

La poignée de la fenêtre eut raison d'elle et lui entailla la main. Du sang éclaboussa la vitre.

Et c'est dans le chaos de ses larmes, par une fenêtre maculée de sang, qu'elle assista à la scène.

Nu lui aussi, Pierre alla à la rencontre de Marie. Il lui sourit et l'enlaça.

Elle lâcha son Pierrot, la poupée tomba à terre.

Pierre prit Marie par la main et l'emmena en direction de la fontaine.

C'est alors que lentement dans des mouvements saccadés, la poupée se redressa, leva un bras, posa le violon sous le menton…

Et sa main frotta l'archet sur les cordes :
Chante, rossignol, chante, toi qui a le cœur gai
Tu as le cœur à rire… Moi, je l'ai à pleurer.
Il y a longtemps que je t'aime jamais je ne t'oublierai.

****

Sous le pont de l'Esplumoir

Esplumoir : « *Ne cherchez pas le mot dans le dictionnaire : il n'y figure pas. À peine le trouverait-on dans quelque très ancien traité de fauconnerie.*

L'Esplumoir désignait une cage réservée aux oiseaux de chasse, merlins, émerillons, hobereaux, pour y muer et reconstituer leur plumage ensemble et leurs forces. Il désignait aussi l'ermitage de Merlin où le chaman celte se retira loin des hommes pour se livrer à l'astronomie et aux sortilèges. Mais l'Esplumoir pour l'écrivain, c'est aussi l'endroit où refaire ses plumes. »

Jean Biès (Sagesse de la Terre)
Essayiste, philosophe et poète 1933-2014

****

En cette année 2020, Victor attendait que le feu tricolore passe au vert.

De l'autre côté de la chaussée, un homme âgé faisait de grands signes.

Il bougeait son bras droit, il le levait et le ramenait inlassablement sur son torse dans une chorégraphie simple et rapide. L'autre main était posée sur une canne.

De taille moyenne, il portait une barbe grise et une fine moustache. Les cheveux se cachaient sous un chapeau à calotte haute et cylindrique.

La veste ouverte d'un costume anthracite trois pièces laissait entrevoir une cravate noire nouée sur une chemise ivoire.

Un carré de tissu blanc plié en pointe dépassait de la poche supérieure du gilet boléro.

Victor regarda sur sa gauche, sur sa droite, se retourna : il était seul. C'était bel et bien à lui que s'adressait le vieillard.

Le feu restait rouge.

Après s'être agité comme un naufragé, le vieil homme se calma.

Il sortit de la poche de son gilet une montre gousset qu'il brandit à Victor dans des gestes de va-et-vient.

Que cherchait-il à lui dire ?

Occultant la couleur rouge, apparemment bloquée par un mécanisme défectueux, Victor s'apprêtait à aller au devant de lui quand un motard arriva en trombe. Il eut juste le temps de reculer. Une seconde plus tard, le deux-roues l'aurait percuté de plein fouet. Tous les noms d'oiseaux s'envolèrent de sa bouche en furie.

Quand Victor se rasséréna, il regarda devant lui. L'homme au chapeau haut de forme avait disparu.

****

Victor est écrivain.

Il s'assied souvent sur un banc dans un jardin public ou sous un abri d'autobus et observe les gens qui passent en griffonnant ses impressions sur un emballage de viennoiserie, sur un ticket de caisse jeté au sol ou sur un papier chiffonné et souillé déniché au fond d'une poubelle.

Toujours au stylo.

Toujours avec le même.

D'ailleurs en a-t-il eu, un jour, un autre ?

Ce stylo-là est son bien le plus précieux même si sa mémoire refuse de lui dire où, quand et comment il l'a obtenu.

Détail surprenant : l'encre de la cartouche est inépuisable. Le mystère de cette auto-activation demeure et la raison de Victor, après moult suppositions, a fini par renoncer à chercher une explication.

Victor fait partie des écrivains qui se connectent en synchronisation avec leurs histoires et considèrent les protagonistes comme des êtres bien réels. Il parle à ses personnages absents qu'il décrète présents.

Partant de là, il ne s'étonna qu'à moitié de l'apparition puis de la disparition de l'homme au chapeau haut de forme qui était certainement enfoui quelque part dans son imaginaire.

Il décida qu'il lui donnerait rapidement vie dans un roman, restait à savoir à quelle époque il le placerait.

****

Le feu de signalisation passa enfin au vert.

Arrivé de l'autre côté de la chaussée, Victor trébucha sur un objet et le ramassa.

— Une montre gousset ! s'écria-t-il.

Cet objet décrédibilisait ses suppositions car il prouvait l'existence du vieillard dans la vraie vie.

Où était cet homme ?

Victor sillonna des yeux les alentours : il ne vit aucun vieillard chapeauté.

Il resta un instant à l'arrêt, il songeait au thème d'écriture qui lui tenait à cœur, à savoir, le concept du temps mobile. Il y réfléchissait souvent mais quand il commençait à développer une idée sur papier, son stylo à plume refusait d'écrire.

Un fait étrange troubla Victor : les aiguilles de la montre gousset tournaient à l'envers et remontaient le temps. Brusquement, elles se bloquèrent. En harmonie parfaite, le silence s'emparera du lieu et figea la vie. Les gens s'immobilisèrent.

C'était comme si l'heure arrêtée de la montre avait interrompu le rouage du temps.

Seul Victor avait la faculté de bouger.

Son cœur s'accéléra, sa respiration s'entrecoupa, ses mains devinrent moites.

Pris de panique, il secoua l'objet avec véhémence, aussitôt le mécanisme se remit en marche et les aiguilles allèrent dans le bon sens.

Le temps reprit sa place et la vie reprit son cours.

« Qu'est-ce qui m'est arrivé ? C'était quoi ces gens qui faisaient du surplace ? Mais non, se ressaisit-il, c'est encore ma foutue imagination ! »

Le vert du feu de signalisation clignota et devint blanc laissant place à une inscription.

Elle ne resta que quelques secondes mais suffisamment pour permettre à Victor de la lire.

— JE T'ATTENDS DEPUIS SI LONGTEMPS, répéta-t-il à haute voix. Qui attend qui ? C'est bizarre.

Le feu passa au rouge et le blanc s'incrusta à nouveau en fond mettant en évidence une flèche verte qui indiquait la direction du grand parc.

« Le message, se dit-il, et maintenant la flèche, il doit y avoir une animation plus loin et le vieillard en fait partie. »

Victor se persuada qu'il avait été, à son insu, embarqué dans un jeu publicitaire et qu'en suivant la flèche, il retrouverait le vieil homme.

C'était peut-être là, le but. Il prit donc le chemin indiqué.

Il connaissait chaque recoin du parc mais ce jour-là, il eut du mal à s'y retrouver car une brocante avait envahi la place.

« J'avais raison, se dit-il, le vieillard fait partie d'une opération publicitaire. Je dois le retrouver, la montre gousset a certainement une importance capitale. »

Et Victor continua sa route.

La brocante débordait du parc, elle s'étendait au-delà sur quelques mètres. Les vendeurs avaient posé sur le sol des portants, des tables, de simples caisses en bois ou des boites en matière plastique. Quelques-uns avaient recouvert le macadam de couvertures, voire de tapis tressés.

Certains avaient monté un stand bâché sur une structure métallique, d'autres avaient planté de grands parasols.

On y trouvait de tout : des livres, des chaussures, des vêtements neufs ou déjà portés, des jeux en tout genre, des bibelots dont on voulait se débarrasser, des objets confectionnés à la main, des écharpes en soie, des pots en terre cuite, des vases, des cendriers…

Victor fouina pour le plaisir de découvrir « le » petit trésor. Il aperçut, au milieu de babioles, une montre gousset qui ressemblait à celle qu'il cachait au fond de sa poche. Ce qui conforta son idée de jeu publicitaire et celle de retrouver le vieillard.

Il commença à sillonner les allées guettant le moindre indice. Chemin faisant, il s'attarda devant les malles de vieux livres et caressa les feuilles des ouvrages dont l'odeur fanée éveilla ses sens. Depuis toujours, il entretenait avec les livres une relation particulière au point qu'il entrait en communion avec eux.

Il possédait cet étrange don qui lui permettait d'assimiler une publication à une époque rien que par l'odeur des pages qui la composait. Il ne se trompait jamais, preuve, pour lui, que les écrivains avaient ce pouvoir incroyable de parfumer leurs mots.

Quand on l'interrogeait pour connaître son secret, il récitait une réponse toute faite.

— Nous, les écrivains, affirmait-il, nous sommes les enfants d'une même famille, celle de la littérature avec un grand L. Nos âmes se reconnaissent et parlent entre elles.

Il rêvait de pouvoir s'offrir quelques-uns des ouvrages qu'il feuilletait mais ses propres écrits se vendaient au compte-gouttes et il avait un mal infini à satisfaire ses besoins essentiels alors pour ce qui était de l'extra, « restriction » était devenu son maître mot. Il avait néanmoins trouvé le moyen de compenser ce manque en fréquentant les bibliothèques de la ville.

Il s'extasia devant une plaque publicitaire émaillée avec l'illustration d'un bébé joufflu aux cheveux bouclés qui riait sa joie de vivre en vantant la douceur d'un célèbre savon. À quelques mètres à peine, un couvercle d'une boîte de coulommiers, qui représentait Bécassine courant dans l'herbe après un fromage, le ramena aux livres de son enfance.

Il admira un bénitier ancien en albâtre posé, sans ordre apparent, à côté d'une collection d'étiquettes de bière. Brunes ou blondes, il imagina la forme des bouteilles et cela le rendit songeur.

À quelques pas de lui, une odeur de merguez le ramena à la réalité, un homme avait installé un barbecue. Il acheta un sandwich et continua sa marche.

Un peu plus loin, Victor s'arrêta devant une statue. Elle représentait un vieillard qui, la tête penchée sur un cahier, tenait une plume d'oiseau dans un mouvement d'écriture. Un aigle posait ses griffes sur l'une de ses épaules. Les ailes ramenées le long de son corps, le rapace fermait le bec et levait la tête. Il observait le monde.

Sur le socle, on pouvait lire : *Esplumoir*.

Victor s'assit en face, sur un banc.

Les passants, pour la plupart, tenaient à la main leur téléphone mobile, indifférents aux personnes qu'ils croisaient.

Victor était et il l'est encore, un des rares humains qui ne possède ni mobile, ni ordinateur.

Il récupéra le papier d'emballage de son sandwich, prit en main son stylo à encre inépuisable et il écrivit :

« *Les hommes et les femmes sont dépendants de leur téléphone portable. Ils ne savent plus vivre par eux-mêmes et sont subordonnés à une petite boîte connectée à une autre semblable. Les êtres humains se relient entre eux par des ondes invisibles excluant leur masse corporelle.* »

Il signa Victor et glissa le papier dans la poche de sa veste à côté de la montre gousset.

Quelques secondes plus tard, comme emporté par une main invisible, le papier vola dans les airs.

Ce détail lui échappa.

****

Victor s'avança dans l'allée principale.

Un stand tenu par un couple, dont l'accoutrement semblait dater de la même époque que celui du vieillard, suscita son intérêt.

Chaussée de gros sabots de bois, la femme était vêtue d'une robe bleue de cotonnade qui lui arrivait aux chevilles et lui corsetait la taille. Un décolleté profond mettait en valeur une poitrine généreuse. Un tablier noir avec poche sur l'avant couvrait la robe. Un châle en madras rouge, jaune et vert bordait les épaules jusqu'à la taille. Les cheveux avaient été ramenés sur la nuque en un chignon natté.

Le front dissimulé sous une casquette, l'homme, qui portait un pantalon de toile foncée et une chemise blanche aux manches bouffantes, vint à sa rencontre.

Victor s'apprêtait à lui demander si le vieillard faisait partie de sa mise en scène quand soudain il aperçut à deux pas de lui, une chaise paillée en noyer qui était la réplique de celle qui se trouvait dans son studio.

Elle était posée sous une table à la ceinture moulurée s'ouvrant en façade par un tiroir qui ressemblait à la sienne.

Le brocanteur, à la stature imposante et au visage charbonné d'une épaisse moustache, s'empressa de lui donner quelques précisions :

— Cette table a appartenu à Pierre Rugaux.

Comme Victor ne réagissait pas, l'homme précisa :

— C'était un écrivain.

Victor fronça les sourcils, il ne connaissait aucun écrivain de ce nom.

— Il a vécu au XIXème siècle.

— En êtes-vous sûr ? Je n'ai jamais rien lu de lui pourtant le XIXème siècle me passionne tout particulièrement.

— Peu de gens le connaissent sous ce nom, il signait ses écrits sous le pseudonyme de…

— … Sous le pseudonyme de… ? l'interrogea Victor

— Zut de zut ! Je ne sais plus…

Les inflexions de sa voix devinrent celles d'un petit garçon, un petit bonhomme tout penaud qui ne se souvenait plus de sa récitation et qui ânonnait :

— Zut de zut ! Je ne sais plus…

Victor allait prendre congé.

— Non, attendez ! l'arrêta le brocanteur. Demandons à ma femme.

Comme cette dernière était occupée à renseigner une cliente intéressée par une horloge ancienne, il proposa à Victor de patienter.

— Vous pouvez tester la chaise en attendant, lui dit-il.

Victor le remercia et s'assit.

Il n'était pas au bout de ses surprises car ce qu'il découvrit à cet instant flouta son discernement. Il cligna des yeux, les essuya du bout des doigts mais non… Non !... Il ne rêvait pas… Il le voyait… Il voyait ce V de Victor que lui, en personne, avait gravé sur l'une des pattes de la chaise… De sa chaise qui se trouvait dans son studio. De cette chaise sur laquelle il avait pris place pas plus tard que le matin même ?

Quelque-chose ne collait pas.

Il fit un pas en direction du brocanteur.

Brusquement, tout se mit à bouger devant ses yeux. D'un coup, l'espace fut dévoré par une fumée blanche qui emporta Victor et le déposa devant la porte de son propre studio.

****

Victor sort la clé de la poche de son pantalon, la glisse dans la serrure. Il ne parvient pas à l'enfoncer complètement. Il la retire, l'essuie contre son tee-shirt et tente à nouveau d'ouvrir la porte mais la clé reste bloquée comme si, de l'autre côté, une autre encombrait la serrure.

Il abaisse la clenche, tape dessus. Un bruit de pas arrive à ses oreilles. Quelqu'un se trouve dans son appartement.

— Ouvrez ou j'appelle les flics ! menace-t-il.

— Laissez-moi le temps d'arriver ! répond une voix masculine âgée.

Quand la porte s'ouvre, Victor ne parvient pas à sortir un mot de la bouche. Le vieillard qui lui fait face est habillé de la même façon que celui qu'il a aperçu quelques heures auparavant.

— Comment êtes-vous entré ici ?

— Avec ma clé.

— C'est impossible ! Ici, vous êtes chez moi.

— Non, jeune homme, c'est ici que j'habite.

Le doute envahit Victor.

Se trouve-t-il bien dans son appartement ?

Au bon étage ?

À la bonne porte ?

Il lève les yeux.

La tâche d'humidité sur le plafond du couloir de l'entrée, qu'il n'a jamais réussi à effacer ni à camoufler avec des couches répétées de peinture, est présente tout comme le guéridon où il a l'habitude de poser sa clé. Or, pour l'heure, il est chapeauté d'un Haut-de-forme et sert d'appui à une canne en bois.

Le vieillard se tait attendant le motif de la visite de Victor qui, de son côté, prêt à le prendre au collet pour l'emmener hors de chez lui, se retient en considération de son âge avancé.

Comme si de rien n'était, le vieillard l'invite à entrer.

Tel un somnambule, Victor passe la porte et parcourt des yeux son studio. Son lit en fer forgé est recouvert d'une couverture or festonnée d'une large dentelle. Où est passé son couvre-lit ? L'étagère sur laquelle il pose ses livres est remplacée par une bibliothèque en chêne à porte vitrée. Ses propres ouvrages ont disparu, troqués contre d'autres qui laissent apparaître des noms d'auteurs prestigieux.

« En cuir ! répète Victor en son for intérieur. Les couvertures sont en cuir ! »

Lui, qui n'a même pas quelques euros pour acheter des livres au rabais, reste pantois.

— J'apprécie votre ponctualité, reprend le vieillard.

— Ma ponctualité ?

— Nous avions rendez-vous à 14 heures.

Si l'homme avait regardé Victor, il aurait vu sa mine déconfite mais sans attendre sa réponse, il s'assied derrière la table qui lui sert de bureau.

Ce bureau ! On dirait le sien ! Victor n'en croit pas ses yeux. Il doit en avoir le cœur net, il s'accroupit.

— Vous cherchez quelque chose ? lui demande le vieillard.

— Non… Euh oui, bafouille Victor… Est-ce que vous pourriez vous lever s'il vous plait ?

— Me lever ?… Je viens de m'asseoir…

— Juste un instant, s'il vous plait, le supplie Victor, juste un instant.

Le vieillard se lève.

Victor aperçoit le V… Son V qu'il avait incrusté au canif.

— Bon, ce n'est pas cela, jeune homme, mes jambes ont un peu de mal à me soutenir alors si vous permettez…

Joignant le geste à la parole, le vieil homme s'assied en invitant Victor à faire de même. Désorienté, ce dernier se laisse tomber sur un tabouret paillé.

Le vieillard pose un lorgnon sur son nez, l'ajuste.

— Vous avez l'air timide, jeune homme. Ce n'est pas bon pour un journaliste.

« Un journaliste ? se dit Victor, il me prend pour un journaliste … »

— Par contre, vous êtes ponctuel, s'obstine le vieillard, c'est une grande qualité.

L'œil brun, qui jauge Victor à travers le lorgnon, a perdu de son intensité. Les rides sur son visage sillonnent une peau diaphane maculée de lentigos. Les ongles laqués par l'usure sont en accord avec les lignes bleutées et sombres des veines gonflées sur le dessus des mains.

— Quel est votre nom jeune homme ? lui demande-il.

Le vieillard a un regard sûr de lui à la limite de la prétention.

Son audace incongrue déstabilise Victor qui se revoit dans le bureau du directeur de son école primaire quand un jour, il s'était battu avec un camarade de classe.

Il était face au directeur qui lui posait cette même question.

Comme s'il répondait à l'enseignant, il murmure :

— Victor… Victor.

— Je n'ai pas entendu, je suis un peu sourd.

Il répète son nom en élevant la voix.

— Victor ! s'écrie le vieillard, vous avez bien dit, Victor ?

— Oui… Un problème ?

— Non… Quel est votre nom de famille ?

— Victor.

— Vous me l'avez déjà dit... Mais votre patronyme ?

— Victor... Je m'appelle Victor Victor. Mes parents n'ont pas fait preuve de beaucoup d'imagination mais c'est ainsi que je me nomme et je dois faire avec.

— Reconnaissons leur un indéniable sens de l'humour, rebondit le vieil homme.

— On va dire ça...

— Donc... Monsieur Victor Victor...

— Appelez-moi, Victor ! Un seul suffira.

— ...Vous êtes envoyé par Aurélien Scholl pour *le Nain Jaune*. C'est bien cela ?

Victor tombe des nues pourtant il a déjà entendu ce nom...

— Votre directeur... Celui de votre journal, précise le vieil homme.

« Le directeur du journal, songe Victor en explorant sa mémoire... *Le Nain Jaune*... Aurélien Scholl... Évidemment, bien sûr, réagit-il au bout de quelques secondes, mais Aurélien Scholl, est mort depuis longtemps. Il a vécu au XIXe siècle ! »

Découvrant le visage perplexe de Victor, le vieillard se corrige :

— Excusez-moi ! J'ai confondu... *Le Nain Jaune*, c'est pour demain. Vous êtes envoyé par *la Librairie Centrale*.

Et sur un ton autoritaire, il ajoute :

— Posez-moi vos questions !

Dérouté, Victor est incapable de rebondir.

Tout ce qu'il trouve à dire c'est :
— Qui êtes-vous ?
Le vieil homme ne semble pas l'entendre.
— D'où venez-vous ? demande-t-il encore.
Occultant la question, le vieillard s'étonne :
— Vous n'avez pas de quoi prendre des notes ? Ah oui, c'est vrai, se rattrape-t-il, vous êtes jeune, votre mémoire est en bon état. Allons-y ! Par quoi commençons-nous ?
— Par me dire qui vous êtes.
— D'accord mais avant je dois vous confier quelque-chose d'important.
— Je vous écoute.
— Certains naissent avec le pouce dans la bouche, en ce qui me concerne, je suis né la plume à la main.

La raison de Victor l'exhorte à mettre le vieillard à la porte de son studio mais l'envie d'en savoir plus sur cet homme est plus forte.
— J'ai gardé mes premiers jets de griffonneur avec une certaine fierté même s'ils étaient gauches et sans grande valeur. Ils sont là…

Du doigt, il désigne la bibliothèque.
— Ouvrez la porte du bas ! Celle de droite.
Victor se lève et obéit.
— Vous voyez cette petite malle… Ils sont dedans.

Victor commence à sortir quelques feuilles mais le vieil homme hurle un « non » qui le stoppe.
— Surtout pas, surtout pas ! C'est personnel.

Tel un enfant sage, Victor retourne s'asseoir et le vieillard poursuit :

— Beaucoup d'auteurs déchirent et jettent leurs écrits. Pensez à tous ces mots abandonnés ou détruits parce que l'écrivain, celui qui se pose en créateur, cherche à atteindre la perfection. Il ne peut que l'effleurer et il préfère supprimer les écrits qu'il juge en deçà de ce qu'il aurait souhaité. Je ne suis pas ainsi.

Il s'interrompt et reprend :
— Quel âge me donnez-vous ?
— Quatre vingt cinq.
— Vous pouvez en rajouter dix et malgré mon grand âge, j'ai confiance en l'avenir et je dirais même en mon devenir. Écoutez-moi et n'oubliez pas de le transcrire, retenez ce que je vais vous dire !... Lorsque j'étais adolescent, une gitane des grands chemins a croisé ma route, elle a pris ma main, l'a ouverte et l'a longuement étudiée. Puis... Oh ! Je la revois... du moins je revois ses yeux noirs fixés sur moi. C'était comme si elle cherchait à entrer en moi. Et elle a réussi ! Elle a buriné des mots sur mon crâne et ses mots, jamais je ne les ai oubliés.

Le vieillard porte la main à sa tête, il soupire et la descend jusqu'à son cœur.

— Là... Là... Touchez, sentez comme il bat fort ! À chaque fois c'est pareil quand je repense à cette sorcière, ça me porte un coup aux artères.

Victor pose timidement sa main sur la poitrine du vieil homme.

— Alors ?

— Il bat fort en effet. Mais que vous a dit cette femme ?

— Elle m'a dit…

Le vieil homme marque un silence et réduit sa voix à un murmure.

— Elle m'a dit : « Vous serez un grand, un très grand mais cela ne dépendra pas de vous. Un jour, quelqu'un viendra et ce jour-là sera béni des dieux. »

Il marque un long silence.

— J'ai passé ma vie à attendre, reprend-il d'une voix normale, et j'attends toujours que cette prédiction se réalise.

« Complètement dérangé, le vieux, pense Victor. »

Et voilà que maintenant, le vieillard lui parle de sa rencontre avec Nodier et de ses réunions au Cénacle de l'Arsenal, là où se réunissaient les grands auteurs du XIXe siècle. Il sort d'un tiroir une grosse liasse de feuilles, échange épistolaire qu'il aurait eu avec Dumas père.

Puis il étale sur la table une correspondance d'ordre politique avec Hugo.

Il déclame les premiers vers d'un poème écrit par de Vigny : *Les nuages couraient sur la lune enflammée / Comme sur l'incendie on voit fuir la fumée…*

— Vous connaissez ? Ce sont des vers d'Alfred.

Victor dodeline de la tête.

Le vieil homme fredonne l'air du *Deuxième Mouvement de La Symphonie Fantastique* composée par Berlioz.

Il vante les toiles d'un certain Delacroix, « un ami intime », spécifie-t-il.

Il lui montre une ébauche que lui aurait remise le peintre. Victor reconnaît les contours d'une lithographie qu'il avait pu admirer au musée.

— Il s'agit de Méphistophélès qui vole dans les airs, précise le vieillard.

« Je sais, se dit Victor. »

— Vous vous rappellerez tout ce que je viens de vous dire ? poursuit le vieil homme. Vous comprenez… J'y tiens… Parce que mes amis sont très importants pour moi et je veux absolument qu'ils soient associés à mon nom.

Son nom ?…

— Comment vous appelez-vous ? lui demande une nouvelle fois Victor dans un presque murmure.

Les yeux du vieil homme se ferment puis se rouvrent, il semble perplexe.

— Quelque chose m'échappe… dit-il dans un souffle.

— Vous ne vous souvenez plus de votre nom ? compatit Victor.

— Ce n'est pas de cela dont il s'agit… Revenez me voir demain, nous poursuivrons cet entretien. Je n'ai plus de temps à vous consacrer aujourd'hui car elle est là tout près et elle est plus importante que tout au monde.

— Je ne vois personne à part vous et moi.
— Elle... Elle est là.

Une femme ! Il y a une femme cachée sous son lit ! Ni une, ni deux, Victor se lève et inspecte le dessous du sommier !

— Qu'est-ce qui vous arrive ?
— Je croyais que...

Le vieillard éclate de rire.

— ...Que je cachais une femme sous le lit... Le temps est fini où les femmes me tombaient dans les bras. J'avais du succès et des maîtresses, mais je n'ai jamais demandé à l'une d'elles de m'épouser. Et vous ? Êtes-vous marié ?

— Non.
— Une amoureuse ?
— De temps en temps.
— Profitez, jeune homme ! La vie passe vite. Un jour, on se réveille et les cheveux sont devenus blancs, on a mal aux articulations, on se fatigue vite, on est devenu vieux, la vue baisse et on n'entend plus très bien...

Le vieillard soupire :

— Partez maintenant ! Je me dois d'être à elle.
— Qui est cette « elle » dont vous ne cessez de me parlez ? Un fantôme ? Une de vos amies qui n'est plus de ce monde ?

Le vieil homme se fâche :

— Mais non ! Je parle de l'inspiration, voyons ! L'inspiration ! Elle est là. Elle est palpable. Vous ne la sentez donc pas ? Oh c'est vrai, vous ne pouvez pas comprendre. Il faut être écrivain pour la ressentir.

Il ouvre une boite, en sort un papier, le pose sur la table.

— Où avez-vous trouvé ça ? s'écrie Victor. On dirait un papier d'emballage…

— Oui, c'est cela, il contenait ce que l'on appelle un sandwich… Ça s'écrit : s, a, n, d, w, i, c, h. Retenez-le ! C'est un mot nouveau. D'ici quelques temps tout le monde l'emploiera.

« Il vit sur quelle planète ? pense Victor en s'approchant. »

De plus près, il remarque un texte écrit sur le papier.

Il croit reconnaitre son écriture.

— Je vous trouve très intrusif. C'est personnel, lui lance le vieil homme.

— Je suis aussi écrivain, j'écris sur tout ce qui me tombe sous la main et il y a quelques heures à peine, j'ai...

Il glisse sa main dans la poche de sa veste, le papier, qui contenait ses réflexions du matin concernant les téléphones portables, n'y est plus.

— C'est mon papier d'emballage ! s'écrie-t-il.

— Ainsi, vous êtes aussi écrivain, l'interrompt le vieillard d'un air détaché en trempant le bout d'une plume d'oie dans un encrier.

Il écrit lentement.

Victor force son regard et déchiffre ce qui ressemble à un titre : *Esplumoir*.

Le vieil homme pose la plume.

— Laissez-moi seul, jeune homme !

Il ramène un tiroir à lui.

— Tenez ! lui dit-il en lui tendant un stylo. Puisque vous êtes écrivain, je vous l'offre.

— Le même que…

— Je ne sais pas écrire avec cette chose-là, le coupe le vieillard, c'est un stylo à plume à réservoir d'encre, un stylo révolutionnaire, parait-il. Il me vient d'un ami américain, un assureur du nom de Waterman.

Victor cherche son stylo dans la poche de sa veste, il a disparu aussi.

— Comment avez-vous fait pour me le dérober sans que je m'en aperçoive ?

— Que je vous dérobe quoi ?

— Mon stylo ! Celui-là ! Tout comme le papier d'emballage.

— Quand allez-vous cesser de croire que tout vous appartient ? Prenez ce stylo et partez maintenant.

Victor décide de ne pas le contredire et d'aller chez sa voisine, une psychologue à la retraite qui saura le conseiller pour faire partir l'individu.

Il quitte la pièce à reculons en visionnant la silhouette d'un homme vieux, la tête penchée, grattant sur du papier avec une plume d'oiseau.

Cette image lui en rappelle une autre.

Il ferme la porte derrière lui.

Mais l'instant d'après…

Il va défaillir, c'est sûr qu'il va défaillir… Ici, sur la sonnette… Ce n'est pas son nom qu'il vient de lire…

Ce nom n'est pas le sien mais celui de Pierre Rugaux.

Il baisse la clenche. La porte reste fermée.

Il met la main dans sa poche, la clé de son appartement ne s'y trouve plus.

« Il a réussi à me voler ma clé ! s'écrie-t-il. Mais comment a-t-il fait ? Je n'ai rien senti ! »

Il tambourine à la porte, ordonne à l'homme de l'autre côté de lui ouvrir.

Comme il n'a pas de réponse, il devient hystérique et alerte les voisins.

L'un d'eux le somme d'arrêter :

— Si monsieur Rugaux ne vous ouvre pas, c'est qu'il n'est pas là.

— Ce n'est pas monsieur Rugaux qui habite ici, c'est moi, monsieur Victor.

Les vêtements surannés de l'homme face à lui paraissent sortis d'une malle oubliée dans un grenier poussiéreux.

— Qu'est-ce que c'est que ce déguisement ? Vous êtes nouveau ? Je ne vous ai jamais vu ici, l'agresse Victor.

— Moi non plus, Monsieur, lui répond l'homme, je ne vous connais pas et je vous demande de quitter les lieux. Ici, c'est l'appartement de monsieur Pierre Rugaux…

« Rugaux… Rugaux… », la voix se fait de plus en plus faible.

Puis, une autre voix prend la relève.

— Je vous demande de quitter le lieu !

****

Victor ouvrit les yeux.

Il était couché sur la pelouse du grand parc.

De brocante, il n'y avait plus.

— Où suis-je ?

— Vous vous êtes endormi, lui répondit un agent de police. Et je répète : je vous demande de quitter le lieu.

— Où sont la table et la chaise qui étaient ici ?

— Il est interdit de déposer tables et chaises ici et de dormir alors si vous voulez bien aller voir ailleurs, le pria encore l'agent.

— Cet homme qui était là, sur cette place, m'a parlé de Pierre Rugaux, s'entêta Victor.

— Pierre Rugaux ? Je ne connais pas.

— C'était un écrivain.

— Et quel est le rapport avec vous ?

— Je…, commença Victor, avant de se raviser car il jugea inutile de s'acharner à lui faire comprendre ce que lui-même ne saisissait pas.

Et il libéra la place.

****

Avait-il vécu une aventure extraordinaire voire surnaturelle ou avait-il rêvé ?

Le seul moyen de le savoir était de se rendre dans une bibliothèque et de faire des recherches sur Pierre Rugaux.

Il commença par interroger le fichier des auteurs du XIXème siècle.

Aucun auteur de ce nom n'était enregistré.

Victor se résigna et conclut que l'agent de police avait raison, et qu'il s'était tout bonnement endormi sur la place.

« J'ai rêvé, tenta-t-il de se persuader. Ça ne tourne plus rond dans ma tête. Je confonds la réalité et le rêve. C'est l'homme au chapeau haut-de-forme que j'ai croisé ce matin qui m'a perturbé. Et d'ailleurs l'ai-je vraiment vu ? »

Il fouilla dans la poche de son pantalon persuadé que la montre gousset du vieillard ne s'y trouverait pas mais il sentit l'objet entre ses doigts ainsi que le stylo à plume. Ce n'était plus son imagination qui se jouait de lui, c'était quelqu'un.

Mais qui ?

Ou alors quoi ?

— Le temps, le temps… murmura Victor.

Une jeune bibliothécaire s'avança vers lui et proposa de l'aider dans ses recherches.

— Je voudrais des renseignements sur un écrivain du nom de Pierre Rugaux, lui dit-il

— Victor.

— Comment connaissez-vous mon nom ?

— Comment connaîtrais-je votre nom ?

— Vous venez de le dire.

Elle se mit à rire.

— Parce que vous vous appelez « Victor » ?

Il n'eut pas le temps de répondre car le responsable de la bibliothèque s'interposa :

— Un souci ?

— Je cherche des renseignements sur Pierre Rugaux.

— Vous voulez dire, Victor ?

— Non. Je crois que nous nous sommes mal compris, Victor, c'est moi. Je recherche un écrivain qui s'appelle Pierre Rugaux.

— Oui, il s'agit bien de lui. Suivez-moi !

La jeune fille s'était discrètement effacée.

— Voilà ! lui dit le bibliothécaire en lui tendant un livre. C'est son meilleur...

Victor lu le titre : l' Esplumoir.

— C'est un mot que l'auteur a certainement inventé, poursuivit le bibliothécaire. C'est un livre très surprenant. En avant-propos, il y a une petite biographie. N'hésitez pas à revenir vers moi si besoin. Je reste à votre disposition.

De loin, la jeune fille observait Victor.

Victor s'assit et lut :

« Pierre Rugaux était un écrivain qui a vécu au XIXe siècle.

Il publie ses premières nouvelles dans Le Nain Jaune. Sa rencontre avec Charles Nodier est déterminante : elle lui ouvre les portes du Cercle des Poètes Romantiques. Il y côtoie Alexandre Dumas ainsi qu'Alfred de Vigny.

Il se lie d'amitié avec Hector Berlioz et surtout Eugène Delacroix.

Son nom à l'état civil étant Pierre Victor Rugaux, l'écrivain a supprimé dans un premier temps son deuxième prénom pour des raisons de phonétique le jour où lui a été présenté Victor Hugo.

Ses écrits n'avaient pas grand intérêt jusqu'à ce qu'il change de registre et se spécialise dans des récits d'anticipation qu'il signait du seul prénom de Victor. *L'Esplumoir* est son œuvre majeure. Certains attribuent à l'auteur des dons prémonitoires.

Fait rarissime pour l'époque, il est mort centenaire. Il n'a pas survécu à l'incendie de son studio parisien.

Selon les témoignages recueillis, ses dernières paroles auraient été : « C'était un jeune homme. Je lui ai offert mon stylo à plume à réservoir d'encre qui me venait de mon ami Waterman. »

Personne n'a jamais su qui était le jeune homme en question.

La jeune fille, qui n'avait pas quitté des yeux Victor pendant sa lecture, aperçut une larme rouler sur sa joue.

Elle détourna son regard.

****

Victor retourna dans le grand parc et interrogea les passants, personne n'avait vu de brocante.

Il entra dans la première épicerie venue.

— Une brocante ? s'étonna la vendeuse.

— Oui, ici, à deux pas, sur la grande place... J'ai acheté un sandwich et j'ai écrit sur le papier de l'emballage.

— Oui et alors ?

— Le papier était chez moi. Mais le vieillard aussi était chez moi... Vous comprenez, il avait mon papier... le papier sur lequel j'avais écrit... Vous comprenez ?

— Non, je ne comprends pas.

— Le vieillard, il faisait partie d'une animation publicitaire ce matin, ici, au milieu de la brocante.

— Il n'y a jamais eu de brocante...

— Il avait égaré sa montre... et...

— Écoutez Monsieur, je ne comprends rien à ce que vous dites. Que voulez-vous exactement ?

— Je ... Je... , bégaya-t-il.

Puis il se tut et tourna les talons en claquant la porte derrière lui.

Quand il quitta le boulevard, une voiture de sapeur-pompier le dépassa.

Le gyrophare en fonction, elle s'engagea sur la rue qu'il emprunta quelques minutes plus tard.

De loin, il aperçut un ruban de fumée comme sorti d'un brûle encens géant qui s'étalait, au fur et à mesure de sa montée, sur une grande largeur.

Le nuage perdait ensuite de sa blancheur, il devenait gris, fonçait, virait au noir et au milieu, giclait une flamme d'un orange éclatant.

Il accéléra le pas et arriva devant.

La fumée venait de son immeuble.

Les pompiers tentaient de maîtriser le feu.

Ils avaient fait évacuer les résidents du bâtiment qui s'étaient regroupés.

Victor resta cloué sur place, le regard fixé sur cette fumée qui emportait ses écrits et son âme.

Il était en train de mourir, son temps de vie était compté.

« Le temps, le temps…, murmura Victor. »

Les gens autour de lui n'en finissaient pas de commenter.

— Il paraît que c'était un écrivain.

— Il était bien gentil, discret et courtois.

— C'est une malédiction. L'appartement a déjà pris feu, le maire vient de me l'apprendre. C'était aussi un écrivain qui habitait là. Je vous le dis, les flammes ne s'éteignent jamais. Tous les feux sont des feux grégeois.

Une voisine l'aperçut :

— Monsieur Victor !… Vous n'êtes pas mort… Dieu soit loué ! Monsieur Victor !…

****

Le moment présent et celui qu'il venait de vivre dans ce même appartement broya tout comportement rationnel et Victor prit la fuite.

Il n'avait jamais couru aussi vite et sans répit. Il se retournait souvent de peur qu'on le suive, qu'on le rattrape, qu'on l'interpelle. Il se sentait coupable. Coupable d'avoir ramassé la montre du vieillard, coupable d'avoir suivi la flèche, coupable de s'être arrêté devant ce stand, coupable de s'être assis sur cette chaise.

Lequel des deux, du vieil homme ou de lui, avait fait irruption dans la vie de l'autre ?

Dans le siècle de l'autre ?

Victor se rappela l'article du journal lu à la bibliothèque : « Il n'a pas survécu à l'incendie... Ses dernières paroles auraient été : C'était un jeune homme, je lui ai offert mon stylo à plume à réservoir d'encre qui me venait de mon ami Waterman. »

Et il courut plus vite.

Bientôt, la lune inonda le ciel, c'était comme si elle voulait lui porter secours, l'aider à démêler les événements de la journée. Elle libéra quelques rayons les invitant à se faufiler dans les rues sombres.

Victor commença à délirer.

Il ne voyait des silhouettes humaines que leurs ombres qui de plus, essayaient de l'attraper. Il leur échappait mais à chaque coin de rue, elles resurgissaient. Son oppression était si forte qu'il sentit une toile d'araignée se tisser sur lui. L'insecte lui piquait le cou, le bras, le pied.

Il criait, hurlait à tout va :

— Hors de mon chemin ! Vous ne m'aurez pas ! Vous ne m'aurez pas !

Il eut même la vision d'un chien à ses trousses qui le rattrapa et lui mordit le mollet.

Il s'arrêtait en se débattant et reprenait sa course.

Victor avait mal, il courait depuis si longtemps ! Il avait soif, sa salive ne mouillait plus sa langue. Il respirait avec difficulté.

Dans son délirium, il aperçut un vampire, assoiffé lui aussi, prêt à se jeter sur lui, il trébucha, se releva et repartit, condamné à fuir toujours plus loin, toujours plus vite.

Et sans crier gare, le bruit des moteurs des voitures se transformèrent.

Victor entendit couiner, piailler, caqueter, miauler, bêler, grogner, meugler, hennir… Sa tête allait exploser.

— Non !!!!

Et… le vide, la confusion totale, les oreilles qui bourdonnent, la vue qui se brouille, les jambes qui fléchissent, Victor perdit tout contrôle.

Son corps s'abattit sur le sol.

****

Il se réveilla sous un pont.

Une femme était près de lui, elle attendait qu'il reprenne connaissance. Elle avait garni son front d'un mouchoir humide et sale.

— Où suis-je ? furent les premiers mots de Victor.

Elle le fit taire posant un doigt sur sa bouche.

— Rien ne presse, lui répondit-elle.

Il essaya de mettre de l'ordre dans sa tête, il revoyait le vieillard, la brocante, la bibliothèque, son appartement, le feu, les voisins et surtout ce nom qui lui revenait.

— Pierre Rugaux... Pierre Victor Rugaux..., murmura-t-il.

— C'est votre nom ? lui demanda la femme avec douceur.

— Je ne sais pas, je ne sais plus, gémit l'homme en pleurant.

— Calmez-vous ! Tout vous reviendra. Je vous ai vu arriver hier dans la nuit. Vous couriez et vous avez trébuché.

— Où sommes-nous ? Je ne connais pas cet endroit.

— Nous sommes sous un pont. On l'appelle le Pont de l'Esplumoir. Cet endroit est sacré. On raconte que jadis un chaman se livrait à d'étranges sortilèges, il avait fabriqué une volière et les oiseaux accouraient par milliers. Chaque volatile venait y muer, reconstituer son plumage et ses forces.

La femme dégageait une odeur nauséabonde, ses habits étaient aussi crasseux qu'elle.

Quand elle ouvrait la bouche, l'odeur était terrifiante, à croire que son corps était pourri de l'intérieur.

Elle n'arrêtait pas de se gratter.

— ...Les morpions... s'excusa-t-elle.

Elle s'en alla à petits pas sans lui laisser le temps d'en savoir plus.

Victor sortit la montre gousset de la poche de sa veste, elle ne fonctionnait plus. Il la jeta dans une poubelle.

Depuis, il habite sous le Pont de l'Esplumoir qu'il partage avec les oiseaux et les souris, les rats aussi.

Dès qu'un humain jette un papier, emballage de viennoiserie ou autre, il le ramasse et déflore le côté vierge avec son stylo à plume à réservoir d'encre. Des mots prennent vie et l'homme devient l'un des témoins de son siècle, il raconte les nouvelles technologies, les progrès de la médecine, les monuments qu'on édifie, les guerres, les catastrophes…

Il signe toujours du même nom : Victor.

Après quoi, le papier s'envole et disparaît dans la matrice de l'espace pour renaître quelque part dans l'intemporalité.

****

Le cordon était coupé

L'homme couché dans le grand lit écarquille les yeux, se redresse et s'assied.

Sa bouche pâteuse lui donne mauvaise haleine, il a mal au cœur, envie de vomir. Sa tête est lourde, ses joues sont brûlantes, ses mains glacées, il a froid, il a chaud, il grelotte, il transpire.

L'homme repousse la couverture et le drap.

Il est nu.

Il parcourt d'un regard la pièce, sourcille, cette chambre lui est inconnue.

Le téléphone sonne.

Il tourne la tête, la sonnerie vient de la table de nuit. Dessus, un téléphone filaire à touches comme on en trouvait dans les années 80.

Il prend le combiné en main, le porte à son oreille.

Au bout du fil, une voix :

— Bon anniversaire !

La femme raccroche.

Cette voix !… Cette voix, il la connaît mais il ne parvient pas à mettre un visage dessus.

Il aperçoit un jeans, un tee-shirt et un caleçon disposés soigneusement sur le dossier d'une chaise. Sur l'assise, une paire de baskets ; à l'intérieur, des chaussettes.

À qui appartiennent ces vêtements et ces chaussures ?

L'homme ne se rappelle pas les avoir déjà portés.

L'esprit confus, il cherche à savoir où il se trouve. Il ferme les yeux, interroge sa mémoire, il ne se souvient de rien.

« Ça va revenir, se dit-il. Je suis, comme qui dirait, un peu dans les vapes. Oh ! Ce mal de crâne !.... »

Il se lève, va jusqu'à la fenêtre, tire le rideau occultant.

Le jour pénètre dans la pièce.

La lumière l'aveugle.

La tête lui tourne, il s'allonge sur le lit, inspire et rejette l'air doucement. Il se calme, se réapproprie son esprit et essaye de comprendre.

Dans cet espace sibyllin en la seconde, planté en dehors de sa propre conscience, il cherche des indices qui pourraient orienter ses investigations.

À vue d'œil, la pièce mesure dix ou douze mètres carrés. En haut, un plafonnier basique, moderne. Par terre, du parquet en pin ciré. Sur le lit, un drap, deux oreillers et une couverture ; de chaque côté, une applique murale. Le lit est blanc, coordonné à l'armoire et à la table de nuit.

À côté de la fenêtre, une table blanche et dessous, une chaise, la même que celle qui sert de valet aux vêtements.

Les murs sont blancs, vides, sauf sur celui-là, en face de lui, il y a ce tableau qui l'interpelle. Le fond de la toile est noir. Au centre, l'artiste a dessiné un bâtiment, un immense bâtiment blanc de quatre étages comportant une multitude de fenêtres. Pas de rideaux mais des barreaux.

« Une prison !... Sûrement... »

Une voiture est stationnée sur le parking. Elle est blanche avec, sur son toit, un gyrophare.

« Une ambulance ?... Une évasion ?... Un homme blessé ?... Il a raté son coup et on lui a tiré dessus. »

L'homme reste perplexe.

Il étudie le tableau dans ses détails : pas de couleur à part trois petites taches. Le peintre a fait éclater le rouge, le jaune et le bleu.

« Des fleurs ?... Peut-être... »

Elles sont comme trois éclaboussures qui lui font penser aux tulipes, jonquilles et muscaris.

Fort de son interprétation, il imagine que la scène se passe au printemps mais cette supposition n'explique pas la présence d'une ambulance stationnée près d'un immeuble qui ressemble à une prison.

L'homme remarque un panneau sur lequel il distingue nettement une lettre, un grand H.

— Le H de Hôpital ?... Sans doute... Bon, admettons, parle-t-il à lui-même, pas de prison mais un hôpital... Le peintre a dessiné un hôpital, ce qui est logique d'avoir rajouté cette ambulance... Mais pourquoi a-t-il dessiné des barreaux aux fenêtres ?

En bas du tableau, à droite, une signature :
Gabriel Guénia
suivie d'une citation :
« *En chacun de nous, vit l'autre. Tu es toi et tu es moi.* »

— « Tu es toi et tu es moi », répète l'homme à haute voix… En chacun de nous, vit l'autre… Gabriel Guénia… Ça ne me dit rien du tout.

L'esprit embrumé, il se perd dans des raisonnements extravagants, convaincu que l'auteur du tableau veut faire passer un message.

Emporté dans le tourbillon de la folie, il imagine qu'il a été emmené ici pour percer les secrets de l'humanité, il se figure que c'est à lui que va être révélée l'origine du monde et qu'il va découvrir les arcanes de la pierre philosophale.

— Je n'ai plus de mémoire donc je suis comme un nouveau-né, innocent, à l'état pur, je suis l'élu, le sauveur, celui que tous attendent, dit-il.

L'homme regarde en direction de la fenêtre.

— Des barreaux ! s'écrie-t-il. Il y a des barreaux à ma fenêtre. Je ne suis pas dans un hôtel mais dans une prison !

Puis, revirement :

— Non, non, pas possible. Cette pièce ne ressemble pas à une cellule mais à une chambre d'hôtel.

Et il songe enfin à sortir de là.

****

L'homme se précipite jusqu'à la porte. Il bute contre une sacoche en cuir, s'en empare, l'ouvre. Dedans, un passeport en date du 20 janvier 2000 au nom de Zack Richard de nationalité française, né le 18 mars 1980, domicilié à Paris dans le neuvième ; taille, un mètre quatre-vingt-quatre ; yeux bleus.

Spontanément, l'homme s'élance en direction de la salle de bain. Sur la glace qui s'étire du sol au plafond, son visage paraît vieilli de quelques années par rapport à celui de la photo mais la ressemblance est frappante.

— C'est bien moi. Je m'appelle Zack Richard.

Il prononce plusieurs fois son nom.

L'homme dans le miroir bouge la tête de haut en bas et de bas en haut dans des mouvements d'abord lents puis de plus en plus vite.

L'homme devant la glace veut exhorter son reflet à approuver qu'il est bien celui du passeport.

— Zack Richard… Je m'appelle Zack Richard…. Qui est Zack Richard ? Tu le sais toi ? Non ? Moi non plus !… Avant de descendre à la réception, je dois en savoir un peu plus sur moi.

Il tente de récupérer dans sa mémoire un morceau de son passé. Sans succès. Il pleure. Dans un geste mécanique, il déchire un morceau de papier de toilette et se mouche.

L'homme examine maintenant le corps que lui renvoie la glace.

Il a l'impression de violer l'intimité de celui qui lui fait face. Il attrape une serviette et la noue autour de ses reins.

— Zack ! Je m'appelle Zack… Zack Richard, anone-t-il encore.

Ça le console de savoir qu'il a une identité mais il s'aperçoit vite que de connaître son nom ne l'avance pas à grand-chose.

— Okay… Okay… Je m'appelle Zack Richard, je suis né le 18 mars 1980 mais quel jour sommes-nous ? Quel âge j'ai, bordel ?

Pris d'un tic nerveux, il lève les yeux au ciel, hausse les épaules, pousse un soupir, recommence trois fois ses simagrées et prend l'homme du miroir à partie :

— Je ne sais pas ce que tu en penses mais moi, je n'ai pas l'intention de m'éterniser ici dans cette chambre à la con.

L'homme qui parle marque un temps d'arrêt, scrute les réactions de l'homme du miroir.

— Tu ne dis rien, soupire-t-il.

L'homme qui parlait quitte la salle de bain en claquant la porte qui, une seconde plus tard, se rouvre. Il la referme, elle s'ouvre à nouveau.

— En plus, c'est un hôtel déglingué ! hurle-il. Oh et puis merde, j'en ai rien à foutre ! Ce que je veux, c'est sortir d'ici.

Il retourne à l'entrée de la chambre, abaisse la clenche, la porte résiste. Elle est verrouillée. Il y a une serrure mais la clé n'est pas à l'intérieur. Il la cherche sous l'armoire, sous la table, sous le lit. Il soulève les oreillers, le matelas. Il jette ses vêtements au sol, prend la chaise à bout de bras, monte dessus et inspecte le haut de l'armoire : pas de clé.

Il laisse exploser sa colère.

— Bordel ! Où est cette putain de clé ?

Ça résonne dans la pièce, ça résonne dans sa tête.

Il cogne à la porte.

— Y a quelqu'un ? Ouvrez-moi ! Je n'ai pas de clé. Au secours ! Ouvrez-moi ! Je suis enfermé.

En réponse, le silence.

****

L'homme remarque sur le téléphone une touche marquée « standard », ce qui le conforte dans l'idée qu'il se trouve dans un hôtel.

Il appuie dessus.

Aucune tonalité.

Il réessaye.

Toujours rien.

L'homme jure, blasphème. D'un geste vif, il tire sur le cordon relié à la prise.

Stupéfaction !

Le cordon a été sectionné.

Comment cette voix féminine a-t-elle pu lui parvenir quelques instants auparavant ?

« On veut me faire croire que je suis fou ! »

— Non ! hurle-t-il. Je ne suis pas fou !

Il piaffe des insultes à l'appareil qui n'y est pour rien, le lance à terre et tape son crâne contre le mur.

— Bordel ! Pourquoi je suis là ?...

L'homme colle son oreille à la porte, écoute... Écoute encore... Peut-être percevra-t-il un bruit, un petit bruit, tout petit, qui lui dira qu'il n'est pas seul... Non, rien... Rien... Vraiment rien.

« Je suis dans un asile de fous, pense-t-il soudain. C'est pour ça qu'il y a des barreaux aux fenêtres. »

Il tape du pied en criant :
— Y a personne ?
Le silence...
— Et merde !...

Conditionné par la peur, ses réactions perdent toute cohérence au point qu'il ne pense plus à s'habiller. De toute façon, ces vêtements-là lui sont inconnus. Il les piétine dans la pièce, les éparpille. Tant qu'il n'aura pas recouvré ses esprits, lui, Zack Richard, n'existe pas et ces habits-là n'ont pas lieu d'être.

Sa tête est vide, son cœur est vide, son estomac est vide. Il a faim, se focalise sur son ventre qui gargouille.

L'homme jette un regard circulaire sur la pièce espérant y trouver de la nourriture.
— Idée idiote ! soupire-t-il.

Un soupçon de bon sens lui dicte d'ouvrir la fenêtre pour appeler du secours mais il s'aperçoit que la vitre ne comporte ni poignée, ni système d'ouverture.
— Je suis vraiment enfermé ! Si seulement mes souvenirs revenaient, gémit-il. Un simple détail me suffirait !

****

Entre les barreaux, il voit la rue passante, étroite, sombre.

Pas de voiture, pas de vélo, pas de piéton, pas de chat, pas d'oiseau. Le désert ! Enfin… Presque… Car il y a ce bâtiment érigé en face de lui.

Il le regarde d'un œil plus attentif.

— On dirait le bâtiment dessiné sur la toile !

Il court jusqu'au mur puis retourne à la fenêtre.

— C'est bien le même, murmure-t-il.

De l'autre côté de la route, le ciel est bas, gris.

Soudain, un rayon de soleil éclaire le bâtiment comme s'il voulait montrer, dire, raconter mais la seconde suivante, un cumulus l'avale. Le ciel s'assombrit et, sans crier gare, le soleil resurgit révélant la lettre H.

L'homme revient sur le tableau accroché au mur. Le H est le même. Il s'approche et remarque une inscription écrite en petites lettres, il distingue difficilement le nom.

« Conception, répète-t-il dans sa tête. »

Il ne se rappelle pas avoir entendu ou lu ce mot.

L'homme retourne à la fenêtre. Son regard s'attarde sur la grande porte d'entrée sous arcade.

— Con-cep-tion, murmure-t-il. Le peintre a dessiné un hôpital… Cet hôpital-là, celui qui est devant moi, et pas un autre.

Il ne comprend pas pourquoi le tableau est accroché au mur.

« Il doit bien y avoir une explication, se dit-il. »

Il cherche, ne trouve pas, s'énerve.

L'homme invective la terre entière mais sa colère n'est là que pour occulter sa peur. Il a peur car il est seul, seul dans cette chambre, seul dans cet espace… Seul…

Tout ce qu'il sait, c'est que derrière la fenêtre, se trouve un hôpital, le même que celui qui est représenté sur le tableau suspendu sur l'un des murs de cette chambre.

L'homme est seul face à cette toile, seul face à lui-même, seul face à un homme qui lui ressemble et dont il ignore tout… Seul face à un étranger.

— Qui suis-je ? demande-t-il tout haut en prospectant la pièce recherchant un potentiel interlocuteur. Toi ou moi ? Moi ou toi ? « En chacun de nous, vit l'autre »… Qui es-tu si je suis toi ?

Il se décharge en listant un chapelet de jurons.

Quand il a évacué sa rage, il se tait.

Le silence réinvestit l'espace et puis un bruit, son ventre crie famine. Comment va-t-il subvenir à ses besoins vitaux si personne ne lui apporte de quoi s'alimenter ?

Une idée germe dans sa tête : il est dans une émission de téléréalité et on observe ses réactions. On va le priver de nourriture pour étudier son comportement.

L'homme passe en revue les coins et recoins de la pièce. Aucune caméra.

Sa supposition ne tient pas.

****

L'homme renonce à connaître le « pourquoi » et réfléchit au « comment »…

Comment sortir d'ici ?

Il fait les cent pas, s'agite comme un oiseau en cage en pensant à cette clé qui pourrait le délivrer.

La serviette se détache, tombe sur le sol. Son sexe mis à nu, il en profite pour vider sa vessie. Le bruit de l'urine, qui se noie dans l'eau dormante de la cuvette, réveille l'atmosphère ankylosée. Une odeur de résidus d'alcool remonte jusqu'à ses narines.

L'homme se lave les mains et rafraîchit son visage. Il rince sa bouche, crache, laisse couler de l'eau dans le creux de ses mains. La boit.

Sur le mur, pend une horloge murale avec affichage du jour et de la date. Les aiguilles marquent 17 heures.

— Et nous sommes le jeudi 18 mars 2010. Donc, si je m'en réfère au passeport, j'ai aujourd'hui trente ans, affirme-t-il.

L'homme s'assied sur le bord du lit, coudes posés sur les cuisses, tête entre les mains.

Une silhouette s'extirpe de son passé, elle lui apparaît et disparaît.

La charpente osseuse semblait fragile, c'était probablement celle d'une femme.

Elle portait un manteau vert.

Ce manteau ! Il est certain de l'avoir déjà vu…

L'homme parle haut et fort. Il veut se faire entendre. Par qui ? Il ne sait pas mais le fait de parler lui prouve qu'il existe. C'est réconfortant.

— Mon nom est Zack Richard. Ça, je le sais mais ce manteau… À qui appartient-il ? À ma mère ? À ma sœur ? À ma copine ? À mon épouse ?... À qui ? Bordel !

Il s'interrompt car il vient de s'apercevoir que la couverture du lit a disparu, pourtant il est sûr de ne pas l'avoir changée de place. Le drap du dessus n'y est plus non plus. Qui les a ôtés ?

— En chacun de nous, vit l'autre, récite-t-il. Où es-tu, toi qui dis être moi, toi qui me fais croire que je suis toi ?…. Je deviens fou… Je ne comprends même plus ce que je dis.

Il délire à nouveau :

— Ça y est ! Mais oui ! C'est ça ! Je suis passé dans la quatrième dimension ! Et je me dédouble.

Il bégaye :

— Quatre, quatre, quatre, quatrième di, di, di, dimension…

Il en déduit tout naturellement qu'il est projeté dans un univers parallèle.

Une image souvenir lui revient, elle représente une galerie de peinture mais la seconde suivante, sa mémoire se volatilise.

L'homme sanglote. Il renifle, ravale sa morve.

« Je suis prisonnier parce que j'ai fait quelque chose de mal. Je suis un criminel, se dit-il. »

Il regarde ses mains, les inspecte, les tourne et retourne, il écarte ses doigts, les rassemble, ferme un poing et tape plusieurs fois sur le lit.

— Non ! réagit-il en criant. Non ! Je n'ai pas pu tuer quelqu'un ! Pas avec ces mains-là ! Elles sont trop douces, je ne suis pas un tueur.

Il court jusqu'à la porte :

— Ouvrez-moi ! Je me rends mais ouvrez-moi, je vous en supplie !

Personne ne répond.

Il lance un coup de pied dans le bas de la porte et appelle encore à l'aide…

Le silence ! Toujours cette même réponse qui n'en est pas une.

Il fait une pause, cherche la couverture et le drap, ils sont posés sur la table.

« Je débloque complètement, c'est moi qui les ai déplacés, pense-il. Qui d'autre ? Il n'y a que moi ici. »

Il veut qu'on l'entende, qu'on ouvre la porte, qu'on l'emmène n'importe où mais qu'on le délivre de la démence qui dévore son cerveau.

— Au secours ! À l'aide ! Ouvrez-moi !

****

L'homme s'écroule sur le lit. Il s'ensuit une manifestation insolite et effrayante : le lit remue.

D'un bond, l'homme est debout puis ventre à terre, il explore le dessous du sommier.

Du vide ! Que du vide !

Il se relève trop vite. La tête lui tourne, le sol devient du sable mouvant dans lequel il s'enlise. Il a juste le temps de s'abattre sur le lit.

L'homme revient à la raison et tente de se convaincre qu'il est couché dans un lit à l'avant-garde du progrès.

— J'ai appuyé sur un truc, un machin, un bidule et j'ai déclenché une option, murmure-t-il.

Face à lui, le dessin du tableau le fascine et comme hypnotisé, en proie à une hallucination subite, il aperçoit son propre corps qui se déplace à l'intérieur.

Sous lui, le matelas bouge. L'homme se reprend, détourne son regard de la toile.

Un souvenir lui revient.

Une femme lui apparaît, elle porte un manteau vert, elle court en lui tournant le dos. Soudain, son corps se divise pour donner naissance à des dizaines de silhouettes qui s'agitent en formant des cercles. Aucune ne montre son visage. Les corps bougent de plus en plus vite. Les cercles se multiplient.

L'homme a le tournis. Il bat des paupières, il veut leur donner fonction de gomme. D'un coup, les silhouettes disparaissent.

— On m'a drogué ! J'ai été drogué ! hurle-t-il plusieurs fois.

Il cherche la trace d'une piqûre sur ses bras, sur ses cuisses, sur son corps.

— Rien, là !... Là, non plus !... Rien nulle part !... On me l'a fait boire alors !... Le robinet... Tout à l'heure... Dans l'eau, il y avait de la drogue... Ça va passer... Ça va passer...

La folie le rattrape :

— Le matelas possède une âme... *Objets inanimés avez-vous donc une âme ?* ... Pas vrai monsieur Lamartine ?... Monsieur Lamartine... Lamartine...

L'homme est pris d'un rire incoercible.

Brusquement, une tristesse profonde l'envahit.

« Qui est Lamartine ? se demande-t-il.»

Il ne sait pas et son rire se dissout dans une kyrielle de petits hoquets.

Sanglots intérieurs.

****

L'homme décide de ne plus s'étonner de l'insolite. La situation est extraordinaire, il l'admet une fois pour toutes, entre dans le jeu de l'abscons, de l'incompréhensible indéchiffrable et donne à l'anormalité valeur de normalité.

— Le drap et la couverture aussi ont une âme. Tu as compris, toi qui es figé dans la glace de la salle de bain, tu as compris ? crie-t-il. Ils se sont levés et se sont posés sur la table.

Il se tait puis reprend sur un ton différent :

— Bon sang. Qui est Zack ? Et ce téléphone qui est coupé ! Mais… Mais oui, ça me revient… Je possédais un téléphone… Je l'emportais partout. Ils me l'ont pris… Je dois sortir de là !

S'échapper.

Mais comment ?

Il se dit que s'il n'a pas trouvé la clé c'est que la porte n'est peut-être pas verrouillée. Il doit insister. Il existe sans doute un moyen de la débloquer.

Il veut se lever, n'y parvient pas, il ne maîtrise plus son corps qui se trémousse au rythme du matelas.

— Prisonnier du matelas maintenant ! gémit-il. C'est le diable qui est dans cette pièce !... Une secte !... Je suis prisonnier d'une secte...

L'homme se débat, il avance les bras, bouge les omoplates, lève les jambes, tend le cou.

Peine perdue.

Le matelas le retient par la colonne vertébrale. L'homme est ligoté par des sangles invisibles. Les cauchemars de son enfance font surface. Il se revoit petit. Il pleure dans sa chambre, il entend sa propre voix appeler :

— Maman Alice ! Maman Alice ! Aliccccce...

Et le silence...

L'homme perd la raison.

« Des extraterrestres !... songe-t-il soudain. Je vais leur servir de cobaye. Ils vont m'analyser, me découper, disperser les bouts de ma chair à l'intérieur d'éprouvettes, les faire macérer dans des produits chimiques. »

L'homme s'essuie le front d'un revers de la main, il est en nage pourtant il frissonne.

Il est totalement dérouté et ne trouve rien de mieux que de chanter.

— Je vais devenir un homme découpé. Ils vont me manger... En ragoût ou en brochette. Je vais finir en merde ! ... En pisse et en merde !

L'homme soupire et se reprend, il profère des imprécations, insulte Dieu, vocifère contre l'humanité...

Et puis...

Et puis... Il se rend.

— Les extraterrestres sont venus, ils ont tout détruit. Il ne reste plus que cet hôpital de l'autre côté de la route et cet hôtel et… moi… Moi, Zack, Zack Richard, sanglote-t-il. Et bientôt, ils vont me tuer.

À bout de nerfs, de souffle et de vitalité, l'homme se résout à l'issue fatale : la mort.

Sa mort.

De toute façon, n'est-il pas déjà mort puisque son passé est effacé de sa mémoire ?

Sa peur tricote avec ses pensées, il imagine le matelas piquer son corps avec des aiguilles reliées à une source électrique.

Son heure est venue.

— Je vais mourir. Qu'est-ce que je peux faire contre ça ? À part attendre et accepter…

Il ferme les yeux.

Il n'avait plus la faculté de réagir et il s'abandonna tout entier à son destin.

****

L'homme se résigne donc à mourir. Ses idées s'embrouillent, se dispersent et disparaissent. Il est déconnecté du monde réel.

Puis, une voix :

— Poussez ! Poussez !

Il la reconnaît, c'est celle de Maman Alice.

Il veut rouvrir les yeux, n'y parvient pas. Ils sont lourds, trop lourds, les paupières sont collées l'une à l'autre.

La voix continue d'ordonner :

— Poussez ! Poussez !

À qui s'adresse-t-elle ? À une seule personne ou à plusieurs ? Poussez qui ? Poussez quoi ?

Bien que l'homme soit plongé dans le noir, quelque chose se dessine dans les coulisses de la prunelle de ses yeux... Un rectangle, un grand rectangle blanc... Un bâtiment... Un hôpital.

Le tableau se met à vivre dans sa tête.

Un cadrage grossissant de la zone centrale de la toile indique à son subconscient une porte. Elle s'ouvre et le lit sur lequel il est couché prend place dans le tableau. Les éléments s'organisent insciemment.

Il ne parvient toujours pas à ouvrir les yeux mais il sent une présence. Quelqu'un est allongé à côté de lui. Il perçoit une respiration haletante. L'haleine est chaude et fleurie.

Il aime cette odeur qui lui évoque un sentiment heureux et en même temps, triste.

Son esprit sonde le fond de sa mémoire mais aucune image ne fait surgir son passé altéré.

Las, il parle à voix basse :

— Je vais passer de l'autre côté du mur... Je suis au purgatoire et je vais entrer dans l'au-delà.

L'homme est à deux doigts de la syncope.

Il est mouillé de partout.

— Poussez, poussez ! commande la voix.

Est-ce lui, qu'on va pousser ?

La peur de mourir le terrorise, mais l'idée qu'il pourrait être en présence d'un phénomène surnaturel l'horrifie.

L'homme glisse dans l'égarement.

Il devient un petit homme qui voyage dans le tableau. Il se heurte aux lettres du message qui prennent une ampleur démesurée par rapport à lui. Conscientes de leur supériorité, elles se jouent de lui, elles se défont, se mêlent, s'entremêlent, se séparent, sautent l'une sur l'autre, se contournent, s'unissent, se désunissent, s'unissent à nouveau, le font tomber, le griffent, le mordent, l'embrassent, le serrent dans leurs bras.

D'un coup, elles reprennent leur place et redeviennent de simples lettres immobiles.

L'homme sort du tableau.

Son esprit est de retour dans cette chambre qui ressemble à une chambre d'hôtel. Ses yeux refusent obstinément de s'ouvrir mais il sait qu'elle aussi s'est échappée du tableau et qu'elle est là... Car il s'agit d'une femme, ce ne peut être qu'une femme.

L'homme est prisonnier dans un huis clos qui le prend dans son halo. Monde de l'étrange, du paranormal, de visiteurs venus d'autre part ?

Son cerveau en fusion part en vrille tous azimuts. Il ignore s'il est face à des extraterrestres mais tout lui laisse croire qu'il est l'acteur malgré lui d'une expérience hors du commun.

Il prie.

— Mon Dieu, fais que je meure maintenant... Tout de suite... Pitié ! Je ne veux pas qu'ils me découpent en morceaux. Pitié ! Dieu-tout-puissant, le plus grand des puissants, je t'en supplie !

L'homme perd le peu d'énergie qui lui reste. Il n'est plus maitre de son corps. Scellé au matelas par le dos, il pose ses mains sur ses épaules, lève les jambes, ramène les genoux jusqu'à son front.

En position fœtale, l'homme pousse un cri. Son cri se confond avec celui d'un nouveau-né.

— Mon bébé d'amour ! dit la voix jeune.

— Le cordon est coupé, lui renvoie Maman Alice.

— Je veux l'appeler Gabriel.

Maman Alice répète :

— Le cordon est coupé…

La seconde suivante, le bébé ne pleure plus.

Le matelas redevient objet inanimé.

L'homme réussit à rouvrir les yeux.

Il parvient à s'asseoir.

Lentement, il tourne la tête.

Personne.

Juste le silence.

Sur le lit, les deux oreillers sont là ainsi que le drap et la couverture qui enveloppent son corps.

Le cauchemar est terminé.

L'homme se lève, il espère ouvrir la porte mais elle est toujours condamnée. Il décide de ne plus s'énerver.

« Je suis prisonnier, se dit-il, je n'ai aucun moyen de sortir. Je viens de vivre l'horreur, rien de pire ne peut m'arriver. En attendant que quelqu'un vienne m'ouvrir, je vais prendre une douche, ça me fera du bien. »

****

La cadran du réveil de la salle de bain marque dix-huit heures.

Pendant que l'eau ruisselle sur son corps, la mémoire de l'homme lui débobine l'épisode de la veille.

Il était dans son appartement. Il revoit les toiles alignées au sol le long des murs ainsi que le canapé-lit, la table, la chaise, l'ordinateur et surtout un chevalet sur lequel est posée une toile montée sur châssis. Le fond est noir. Le dessin représente un rectangle blanc. Il se souvient, un geste malencontreux avait projeté la toile au sol. Trois pinceaux imprégnés respectivement de jaune, de rouge et de bleu s'étaient écrasés au bas du rectangle.

Il lui aurait été facile de tout nettoyer mais quelqu'un a sonné à la porte.

— Je me rappelle, j'étais en train de dessiner. Je suis donc peintre, artiste peintre et… Et je suis allé ouvrir, murmure l'homme.

Il se souvient…

Sur le tapis de l'entrée, se tenait Maman Alice.

Elle portait un manteau vert.

« Le manteau, se dit-il, il était donc à elle. »

Les paupières gonflées et le mascara dégoulinant sous la partie inférieure de ses yeux, elle n'était pas dans son état normal.

— Écoute-moi, Zack ! Je suis malade, il ne me reste plus beaucoup de temps pour te dire… Je ne peux plus garder ce secret. Tu dois savoir…

— Tu es malade ? Qu'est-ce que tu as ?

— Plus tard… D'abord tu dois connaitre le secret de ta naissance.
— Quel secret ?
Elle lui avait lancé dans un souffle :
— Je ne suis pas ta mère.
— Qu'est-ce que tu racontes ?…
— Ta mère était une jeune fille de dix-huit ans et je l'ai aidée à te mettre au monde à la maternité Sainte Conception.

L'homme qui se trouve dans la salle de bain, stoppe ses souvenirs, il s'arrête sur le mot « conception ».

Il coupe l'eau, s'essuie à peine.

Les pieds encore humides, il retourne à la fenêtre.

L'homme sait…

Il sait maintenant qu'il est né là, dans ce grand bâtiment, là, à deux pas de cette chambre.

Les souvenirs s'organisent.

Il revoit Maman Alice.

Elle lui avait avoué :

— À l'époque, j'étais sage-femme…

Il n'avait jamais su qu'elle avait exercé ce métier, pour lui, elle avait toujours été la secrétaire de monsieur Quibounon, le dentiste de la rue Jacques Prévert.

Maman Alice avait continué de se confesser, car il s'agissait bien de cela, elle voulait laver sa conscience.

— Avant ta naissance, je vivais avec un homme, il désirait un enfant. J'étais stérile, il m'a quittée. Pour l'oublier, j'ai émigré au Canada. J'ai obtenu un poste de sage-femme à la maternité Sainte Conception. J'étais en contact incessant avec des bébés et je ne pouvais pas en avoir. Cela devenait invivable pour moi. Ta mère était française, expatriée au Canada, fille au pair. Elle s'appelait Karine Guénia. Elle avait réussi à cacher sa grossesse à ses employeurs jusqu'à un certain point. Dès qu'ils ont remarqué son ventre rond, ils l'ont renvoyée. Elle m'a confié son histoire avant d'accoucher. Elle ignorait comment elle allait s'en sortir, d'autant que le père, un homme marié, ne voulait plus entendre parler d'elle.

Maman Alice avait marqué un petit silence et elle avait poursuivi :

— Elle n'avait pas de famille sur place et ne voulait pas retourner en France. De plus… Elle devait accoucher de jumeaux.

— J'ai un frère ?

— Laisse-moi finir… Ta mère était si jeune… Comment aurait-elle fait pour élever pas un mais deux enfants ? Vous êtes venus vivre chez moi tous les trois et je lui ai proposé un marché.

— Un marché ?

— Oui. Je lui trouvais un appartement, du travail aussi en échange de quoi elle me donnait un des deux bébés.

— Donner ! Comme de la marchandise.

— J'ai eu du mal à la convaincre mais j'ai su trouver les arguments. Elle était pauvre et je l'ai dédommagée avec beaucoup d'argent.

— Tu m'as acheté ! Elle m'a vendu !

— Ne nous juge pas. Nous avions chacune une bonne raison.

— Et moi ? Vous avez pensé à moi ?

— Nous voulions toutes les deux que tu aies une vie meilleure. Je suis revenue en France avec toi et tu devenais mon fils légitime.

— Ma mère n'a pas cherché à me retrouver ?

— Non.

— Pour me reprendre…

— Notre pacte mentionnait qu'elle ne devait jamais chercher à me contacter.

— Oui mais elle aurait pu passer outre, elle avait les papiers de ma naissance en sa possession pour prouver qu'elle était ma mère et elle aurait dû se battre pour me reprendre.

— Non ! J'avais anticipé ses réactions et à son insu, j'ai déclaré deux enfants nés de père inconnu le même jour mais un à son nom et l'autre au mien. J'avais aussi pris soin de changer sur le papier le prénom qu'elle t'avait donné. C'est moi qui déclarais les naissances à l'état civil et j'ai rédigé toutes les autres formalités, ta mère était trop occupée avec vous deux. Aux yeux de la loi, tu devenais Zack Richard… Mon fils.

— À la maternité, il y avait bien une preuve que j'étais son enfant !

— Non. J'avais effacé, là-bas, toute trace de nous deux et les informations que je lui avais remises sur moi étaient fausses.

— Tu te rends compte ! Tu n'as offert aucune possibilité à ma mère de me revoir.

Maman Alice se taisait.

— Et tu as commis un crime !

— Je ne l'ai pas tuée. Ni elle, ni personne.

— Tu m'as tué moi, son fils, en me donnant une autre identité.

— Pardonne-moi ! Pardonne-moi !

— Je ne te pardonnerai jamais. Jamais ! J'irais au Canada. Je retrouverai ma mère. Et mon frère… Ou ma sœur.

— C'est un garçon.

— Je te hais !

Elle avait ôté son manteau.

— Prends-le ! Il a appartenu à ta mère.

Dans un mouvement vif, elle s'était retournée et s'était mise à courir. Il l'avait suivie, le manteau à la main. Elle zigzaguait, ses jambes et ses bras avaient du mal à se synchroniser, on aurait dit une marionnette désarticulée. Elle avait traversé la chaussée, une voiture l'avait happée de plein fouet.

L'homme se souvient.

Maman Alice gisait sur la chaussée. Des passants s'arrêtaient, des voitures ralentissaient.

Elle l'avait supplié du regard de s'approcher.

— Mon Zack, n'oublie jamais que je t'ai aimé comme si tu étais sorti de mes entrailles, lui avait-elle dit dans un souffle. Je m'en vais. À toi de prendre ta vie en main. Entre toi et moi, le cordon est coupé.

Doucement, ses paupières s'étaient baissées.

Une voix s'était élevée :

— Laissez-moi passer, je suis médecin !

Il s'était relevé et il était parti sans un mot.

Le manteau vert était resté sur la route.

Plus tard, il était revenu au même endroit pour le prendre, c'était le seul souvenir qu'il aurait pu avoir de sa mère mais il n'y était plus.

Il était entré dans un bistrot, un deuxième, un troisième... Il avait bu, encore et encore. Ivre, il avait déambulé dans la nuit. Au moment où il s'était engagé sur une route à grande circulation, une main l'avait retenu.

C'est là que s'arrêtent ses souvenirs.

Face à sa mémoire, l'homme ne trouve qu'un vide, un vide sidéral. Le trop-plein d'alcool avait inondé sa conscience et maintenant il lui est impossible de savoir ce qui s'est passé avant qu'il n'atterrisse dans cette chambre.

L'homme nu aux pieds nus fait des allers-retours dans la chambre.

Il voudrait comprendre pourquoi il est dans cette pièce, pourquoi cette porte reste fermée et pourquoi le cordon du téléphone est coupé.

— Le cordon est coupé ! répète-t-il tout haut.

Puis il s'habille.

****

L'homme dresse l'oreille... Un bruit lui parvient... Un bruit de ferraille qui s'intensifie.

Il imagine le grincement d'un lit à roulettes et la folie revient.

On frappe un grand coup à la porte.

Il sursaute.

— Ouvrez-moi, s'il vous plait ! dit une voix féminine de l'autre côté.

Il se tait.

— Pouvez-vous m'ouvrir, s'il vous plait ?

— Qui êtes-vous ?

— La femme de service. Le moment est venu pour vous de quitter cette chambre.

Il ne répond pas.

Elle renouvelle sa demande.

— Depuis tout à l'heure, j'essaie et pas moyen, s'énerve-t-il. Je suis prisonnier !

— Prisonnier ! Comme vous y allez ! Si le patron vous entendait !

— Alors expliquez-moi pourquoi je n'arrive pas à ouvrir cette foutue porte.

— Faut faire le code. Et vous seul le pouvez.

— Le code ?

— Vous devez noter les chiffres de votre date de naissance sur les touches du téléphone et la porte s'ouvrira.

— Le problème, c'est que le téléphone ne fonctionne plus. Il n'a aucune tonalité.

— C'est normal, nous avons coupé le cordon.

— Merci ! J'avais remarqué.

— Les touches du téléphone ne servent qu'à faire le code.

— Vous pouvez m'expliquer pourquoi vous avez désactivé la ligne.

— Ici, le monde extérieur n'existe plus.

— Qu'est-ce que vous dites ?

— Je dis : ici, le monde extérieur n'existe plus.

— Qu'est-ce que ça veut dire ?

— Ça veut dire que le monde extérieur n'existe plus. Point.

— Expliquez-moi !

— Ça veut dire ce que ça veut dire. S'il vous plaît, Monsieur, composez les chiffres de votre date de naissance sur les touches du téléphone.

Un grand silence.

Puis, l'homme dit :

— Non !

— Non ?

— Non, je ne vous ouvrirai pas.

— Et pourquoi ?

— Arrêtez de me prendre pour un con ! Vous n'êtes pas seule. Avec vous, il y a des types qui vont me ligoter, me tuer et me découper. Vous m'avez choisi pour être le cobaye d'une de vos expériences.

— Mais pas du tout ! Je suis seule derrière cette porte. Monsieur, ouvrez-moi ! Ne m'obligez pas à faire venir le directeur pour constater.

— Constater quoi ?

— Que vous ne voulez pas m'ouvrir.

— Ce bruit de ferraille, c'est quoi ?

— C'est un chariot.

— C'est bien ce que je disais, vous allez me ligoter et m'emmener quelque part d'où je ne reviendrai pas ou bien d'où je reviendrai en pièces détachées...

La femme éclate de rire, un rire gras qui n'en finit pas.

Il a la chair de poule.

Elle recouvre son sérieux.

— Monsieur... C'est un chariot sur lequel je dépose les draps et serviettes de rechange, lui explique-t-elle. Faites le code ! Vous devez libérer la chambre. Je vous le dis, le temps presse.

— Le temps presse ?... Pourquoi ?

— Après ce sera trop tard.

— Pourquoi ce sera trop tard ?

Une voix masculine s'interpose et prend possession de l'espace :

— Parce que ce sera trop tard.

L'homme regarde partout, ne voit personne :

— D'où ça vient ? Qui me parle ?

— Ne cherchez pas à savoir. Vous ne pouvez pas comprendre, répond la femme.

— Je suis idiot, c'est ça ?

— Je n'ai pas dit ça. Faites le code ! Dépêchez-vous !

— Le code ! Le code ! Vous n'avez que ce mot à la bouche, ma parole !

— Vous voulez sortir, oui ou non ?

— Oui mais qui me prouve que vous n'allez pas me tuer.

— Tu ne peux pas mourir, reprend la voix masculine parce qu'en chacun de vous, vit l'autre.

— Justement, je voudrais bien savoir ce que ça signifie.

— Le seul moyen de le savoir est d'ouvrir cette porte.

— Vous avez entendu ce qu'il vous dit ? poursuit la femme de service. Vous voulez savoir, oui ou non ?

Évidemment qu'il veut savoir et cette fois-ci, il obéit. La porte s'ouvre.

****

Une femme pousse un chariot sur lequel sont posés effectivement draps et serviettes de toilette.

Les vêtements qu'elle porte sur elle laissent à penser qu'elle est un agent de service.

— Il est midi et vous devriez déjà avoir quitté ce lieu, lui assure-t-elle.

— Midi ? L'heure sur le cadran de la montre de la salle de bain affichait dix-huit heures il y a quelques minutes.

— Ici, ce n'est pas un hôtel ordinaire.

— Ce qui veut dire ?

— Vous savez bien…

— Non, je ne sais pas.

— Depuis hier, nous vivons à l'heure canadienne. Nous avons six heures de décalage par rapport à la France.

— Mais pourquoi l'heure canadienne ?…

— Ne cherchez pas à comprendre ! Partez !

— Depuis combien de temps suis-je ici ?

— Le savoir ne vous avancerait pas à grand-chose. Le patron… Celui qui est au-dessus du directeur… Celui que personne ne connaît… C'est lui qui donne les ordres… Il vit hors du temps et des lieux. Il décide de l'endroit où nous devons aller. Nous sommes au Canada mais plus pour longtemps. Dans quelques instants, nous partirons vers une autre destination.

— Une autre destination ?
— Partez ! Sortez ! Vite !
— Mais je suis où, là ?
— Au Canada, je vous ai dit !
— Qu'est-ce que je fous au Canada ? J'habite en France. À Paris.
— Dans quelques secondes, tout va rentrer dans l'ordre.
— Et les autres, ils sont où ? crie l'homme en se précipitant dans le couloir.
La femme le regarde sans répondre.
— Où sont les autres clients ? insiste-t-il. Je ne vois pas d'autres chambres.
— Vous êtes le seul. L'hôtel ne dispose que de cette chambre. Sortez par cette porte ouverte. C'est la seule issue. Vite ! Nous allons démarrer.
— Un hôtel particulier qui se déplace ! C'est bien ce que j'ai cru comprendre mais vous me prenez vraiment pour un demeuré.
Au même instant, l'homme sent une vibration.
— Qu'est-ce que c'est ? Qu'est ce qui se passe ?
— Arrêtez de poser des questions et sortez !
— Je veux voir votre patron.
— Quitter le lieu maintenant ! Et vite !
Le ton de la femme prend soudain l'allure d'une prière :
— Je vous en supplie. Le compte à rebours a commencé.
— C'est quoi encore cette connerie ?
— Nous allons nous dissoudre dans l'espace.

L'hôtel marque une secousse, une deuxième puis une troisième.

— Vous feriez bien de m'écouter. Ne perdez pas de temps. Dans deux secondes, nous disparaitrons à jamais. Si vous restez vous disparaitrez aussi.

L'homme saisit sa sacoche en jetant un dernier regard à la femme qui lui dit encore :

— Ne vous arrêtez pas, sortez d'ici sans vous retourner ! Vite ! Surtout ne vous retournez pas !

L'homme passe la porte de sortie.

Il ne s'est pas retourné.

Une voix lui parvient.

Au fur et à mesure que s'écoulent les secondes, elle devient de plus en plus faible, de plus en plus lointaine.

Elle lui dit :

« Le cordon est coupé... le cordon est coupé... ».

Et... C'est le noir...

****

— Il reprend connaissance, murmura une voix à côté de lui.

« Qui ? Quoi ? Qui reprend connaissance, se demanda l'homme. »

Il ouvrit les yeux.

La lumière lui fit mal.

— Ne bougez pas ! ordonna une voix. Le SAMU va arriver.

L'homme se releva d'un bond.
— Non ! Ce n'est pas prudent. Restez couché ! Ils vont arriver.
— Je vais bien, laissez-moi tranquille !
Il pivota sur lui-même :
— Où est passé l'hôtel ?
— Quel hôtel ?
Il regarda devant lui.
— Et l'hôpital ?
— Quel hôpital ?
— Ici ! À la place de cet immeuble.

Au moment où il prononça le dernier mot, il s'aperçut que l'immeuble en question était le sien.
La mémoire lui revenait :
— C'est ici que j'habite, s'écria-t-il, là juste en face. Laissez-moi partir, je veux rentrer chez moi.
Quelques minutes plus tard, on entendit une sirène mais l'homme avait déjà rejoint son immeuble.

*****

La porte de son appartement était entrouverte.
Il entra.
Dans son atelier, sur un chevalet, une toile était posée. Elle représentait un bâtiment blanc comportant une multitude de fenêtres sans barreau. Il ne manquait rien, tout était là : les fleurs, l'ambulance, le H de hôpital, le mot Conception.

En bas du tableau, une signature : Gabriel Guénia, suivie d'une citation :
« En chacun de nous, vit l'autre.
Tu es toi et tu es moi. »

Rien n'aurait pu le sortir de sa torpeur… Rien !
Excepté cette sonnerie qui venait de la porte d'entrée.
Il alla ouvrir.
Un homme qui lui ressemblait se tenait devant lui.
Puis, une femme, les larmes aux yeux, s'avança et sans un mot, elle ouvrit ses bras les invitant tous les deux à s'y blottir. Elle portait un manteau vert.

****

La petite fille qui voulait grandir

La maison de Rebecca ressemblait aux trois autres du lot. Construites sur le même modèle, les habitations formaient les quatre angles d'un carré.

Les cheminées avaient cela de particulier qu'elles mesuraient deux fois la hauteur réglementaire. Au fil du temps, elles étaient devenues la curiosité du village et s'étaient octroyé la mission de donner un signal. Quand on voyait les fumées sortir de ces grandes cheminées, ça voulait dire qu'il était temps d'allumer le feu dans son propre foyer.

Depuis quelques temps, la maison située à la gauche de celle de Rebecca était inhabitée et de fumée, on ne voyait plus. On l'appelait « la maison Lorry ». Celle qui se trouvait à sa droite appartenait au médecin du village, un quadragénaire célibataire et celle, face à lui, à un couple de retraités, monsieur et madame Picardo. Cette dernière se vantait d'être la présidente du club de scrabble qu'elle avait fondé au village. Elle en tirait une certaine gloire mais ce qui la rendait plus fière encore était de pouvoir, de par son statut, être la première à connaître les qu'en dira-t-on. Quant à son mari, il préférait rester chez lui à cultiver son potager ou pêcher à l'étang.

Madame Picardo s'était prise d'affection pour Rebecca et l'invitait régulièrement à partager le repas dominical. À l'heure du dessert, monsieur Picardo, diabétique de son état, s'éclipsait discrètement.

Sa femme attendait ce moment avec impatience et frénésie car elle savait qu'elle pourrait déblatérer librement sur les uns et les autres sans que son mari lui « cloue le bec », comme elle disait.

Avec une jubilation sans commune mesure, elle racontait alors à Rebecca « les dernières du villages » en y mêlant sa propre interprétation.

****

Ainsi, en ce milieu d'hiver, dégustant un morceau de tarte aux pommes, madame Picardo avait dans les yeux une lueur que la jeune femme connaissait bien.

La patience de Rebecca ne fut pas mise à mal car quelques minutes plus tard, entre deux bouchées de tarte, madame Picardo murmura, la main sur la bouche, que « le docteur, leur voisin, était devenu libertin ».

Cette révélation inattendue avait éveillé la curiosité de la jeune femme. De retour chez elle, elle avait branché son ordinateur et écrit « libertin » en mot clé. Elle connaissait la signification de ce mot, bien sûr, mais elle se disait qu'il avait peut-être un sens qu'elle ignorait si elle se référait à l'état d'agitation qu'il avait suscité chez sa voisine.

Plusieurs définitions étaient proposées.

« Qui recherche avec un certain raffinement les plaisirs charnels, disait-on sur un site. »

« Qui s'adonne sans retenue aux plaisirs de la chair, notait-on sur un autre. »

Sur un forum, un internaute qualifiait le libertinage de « dérèglement ».

Comment pouvait-on associer les mots « raffinement », « sans retenue », « dérèglement » pour définir le même terme ?

Elle qui était encore vierge n'en saisissait pas les subtilités et elle consacra une grande partie de la soirée à parfaire ses connaissances.

****

Quelques soirs plus tard, alors qu'elle s'apprêtait à fermer les volets de sa chambre, elle aperçut trois femmes vêtues de tenues moulant outrageusement leurs corps aux bras d'hommes qui portaient tous un costume. Le docteur les invitait à entrer dans sa demeure.

L'instant fut court au grand dam de Rebecca qui quitta son poste d'observation avec une impression de frustration.

Elle resta sur sa faim jusqu'au jour où elle croisa le docteur dans la galerie marchande de la ville jouxtant le village. Il la salua et sans préambule, l'invita à prendre un verre dans une brasserie.

« Entre voisins, pourquoi pas ? se dit-elle. »

Sans perdre une minute, le docteur orienta la conversation sur le libertinage. Il déballa le sujet d'une façon si impromptue et si directe qu'elle se demanda s'il ne l'avait pas aperçue l'observant derrière sa fenêtre.

— Ma prochaine soirée a lieu dans dix jours. Vous êtes la bienvenue, poursuivit-il sans lâcher le regard de Rebecca.

— Ce n'est pas vraiment ma tasse de thé, bafouilla-t-elle, gênée.

— Vous avez tort parce que dans ce genre de soirée, le respect est de mise, c'est la règle et chacun s'y plie.

— Non, non, je vous remercie mais non…

— De quoi, avez-vous peur ?

— N'insistez pas !

— Ce sera une soirée à thème. J'invite une maîtresse et son soumis. Ils vont nous faire une démonstration. Acceptez ! Dites oui !

Une petite voix dans sa tête lui murmura « oui » et une autre lui cria « non ». La seconde eut raison de la première.

— Je respecte votre choix, lui dit poliment le docteur, je n'insiste pas mais je reste à votre disposition et si vous changez d'avis.

Le soir de ladite démonstration, Rebecca songea à la proposition de son voisin et quand elle entendit un klaxon annonçant l'arrivée d'une voiture, elle se cacha derrière le rideau de la fenêtre de sa chambre attendant la suite, exaltée et impatiente.

Le premier véhicule se gara sur le parking de la propriété, deux autres suivirent.

Le médecin vint à leur rencontre. Les hommes et les femmes étaient à l'image de ceux que Rebecca avait entrevus quelques jours en arrière.

La voiture noire arriva un peu plus tard. Elle était conduite par une femme qui, après avoir coupé le moteur, resta à l'intérieur. L'homme qui se trouvait sur la place du passager avant, ouvrit la portière et sortit.

Rebecca n'en crut pas ses yeux.

Il ne portait pas de costume comme les autres invités mais uniquement un slip et un maillot de corps. Il était pieds nus. Une cagoule couvrait sa tête et un collier cerclait son cou, certainement en cuir, mais elle était trop loin pour en être certaine. Il contourna la voiture par l'arrière, ouvrit la portière de la conductrice, lui offrit sa main et l'aida à descendre.

Elle était grande et mince. De longs cheveux noirs et raides lui descendaient jusqu'au bas du dos. Un loup dissimulait son visage. Sa robe noire lui arrivait à la mi-cuisse. Ses bottes à talons hauts remontaient jusqu'aux genoux. Elle attacha une laisse au collier de l'homme et le tenant en bride, elle marcha jusqu'au perron.

Comme il l'avait fait avec ses premiers invités, le docteur vint au devant d'eux et les pria de le suivre. Avant de refermer la porte d'entrée, il jeta un œil sur la maison de Rebecca.

Elle recula d'un pas, attendit quelques minutes et ferma les volets.

Elle se jura de cesser à l'avenir toute approche de voyeurisme vis-à-vis de son voisin qui, après tout, était libre de vivre comme bon lui semble.

****

Il était huit heures. Le réveil sonna.

Rebecca appuya sur le poussoir d'arrêt. Elle alluma la lampe de chevet et l'éteignit aussitôt, la lumière du jour qui s'infiltrait à travers les volets suffisait à éclairer la chambre.

La jeune femme paressa quelques minutes sous la couette puis elle enfila une robe de chambre, ouvrit la fenêtre, écarta les deux battants des volets et les coinça à l'aide des crochets soudés à la maçonnerie de briques.

Les voitures vues la veille avaient disparu.

Dehors, c'était l'hiver avec le froid, les odeurs de terre humide et les bruits sourds.

Elle s'empressa de refermer la fenêtre et de tirer le rideau.

Son regard s'attarda sur les murs couleur vert pâle de la chambre. Elle redessina des yeux le périmètre de chacun d'eux.

Aucun cadre.

Aucune étagère.

Aucune décoration.

Tous les matins, elle consacrait cinq minutes à se délecter du néant qui l'entourait. Elle chassait les instants passés et remplissait sa tête de vide.

Ainsi, elle pouvait laisser entrer son présent.

Sa règle de conduite était simple : effacer ce qui a été, prendre ce qui est, ne rien attendre de ce qui sera.

Elle ne se projetait pas dans le futur, non par manque d'imagination, car la sienne était fertile, mais elle réservait son esprit créatif à l'écriture des histoires qu'elle inventait pour les enfants.

Elle soutenait qu'elle rejetait son passé, pourtant, il était sa source d'inspiration car, inconsciemment, elle le revisitait, le malaxait, le magnifiait et lui offrait une seconde vie dans les péripéties de Mirabelle, personnage principal de ses productions.

Le succès de la série avait propulsé Rebecca au rang des auteurs jeunesse les plus lus de sa génération. Tous ses livres étaient traduits dans une dizaine de langues. Il était même question de scénariser les aventures de Mirabelle et de les décliner en épisodes animés pour la télévision.

****

Rebecca but un reste de café qu'elle réchauffa dans son four à micro-onde et se doucha.

Elle revêtit un jogging, se maquilla légèrement, passa un rapide coup de peigne dans ses cheveux blonds, raides, coupés très court.

Elle entra dans la pièce voisine tapissée de papier peint couleur safran et coupée en deux par un petit mur ouvert.

Dans la première partie, on trouvait un buffet vaisselier face à une table et quatre chaises ainsi qu'un canapé en buffle lie de vin et un poste de télévision placé en coin. Sous la table basse de salon posée sur le parquet de chêne ciré, la jeune femme avait glissé un tapis indien noué à la main, dont les motifs naïfs rappelaient les dessins que font les enfants à l'école maternelle à partir de taches d'encre ou de peinture.

Rebecca habitait cette maison depuis maintenant deux ans et elle n'avait toujours pas arrêté son choix pour la décoration des murs.

Elle avait installé son espace de travail dans la deuxième partie de la pièce car elle avait eu le coup de foudre pour la cheminée style Louis XIV qui trônait en bonne place et donnait du cachet au lieu. Elle avait acheté spécialement un bureau au caisson de trois tiroirs de même époque en chêne massif. Un ordinateur relié à une imprimante était posé au milieu du grand plateau. Un fauteuil en cuir pivotant complétait l'ensemble.

Un miroir ancien à la moulure dorée, que Rebecca avait trouvé dans le placard de l'entrée le soir de son emménagement, ajoutait de la beauté à la pièce. Sa hauteur frôlait le mètre et sa largeur était légèrement en dessous.

— Il sera du plus bel effet placé au-dessus de la cheminée, avait-elle affirmé à Théo, son frère.

Il le lui avait accroché à l'emplacement souhaité.

****

Les dernières bûches de l'âtre s'étaient consumées pendant la nuit. La pièce sentait un fatras de bois desséché et de vieux papiers réduits en cendre, une haleine macérée de toute une nuit. Rebecca vida le bac de braises moribondes au pied du grand sapin bleu qui dominait sa maison. Elle froissa une page d'un journal qu'elle jeta dans le foyer, déposa une bûche dessus, craqua une allumette et la jeta sur le papier.

Le feu s'activa. Les flammes jeunes, vives, joyeuses et gourmandes, léchèrent goulûment l'intérieur du foyer dérangeant le silence. La pièce s'anima du crépitement de la bûche qui gémissait de longs et sourds vibratos clamant son droit à ne pas mourir.

Rebecca s'assit face à son ordinateur. Une idée trotta dans sa tête : elle allait écrire une histoire pour les adultes où il ne serait question que d'adultes. L'envie de se lancer dans l'écriture d'un roman explosa à l'intérieur de son être.

Une force nouvelle la submergea, elle se sentait prête à enfanter car il s'agissait bien de cela, pour elle qui s'autoproclamait mère de ses personnages. Paradoxalement, quelques secondes plus tard, le fait de donner vie à des adultes l'effraya, elle hésita encore puis se laissa guider par cette étrange pulsion qui l'envahissait.

Elle ouvrit un dossier qu'elle nomma « roman » et convoqua son imagination. Il était évident pour elle que cette dernière répondrait présente comme quand elle la sollicitait pour écrire les aventures de Mirabelle.

Elle était même persuadée que son roman serait le premier tome d'une saga. Elle avait réussi à conquérir les enfants, il en serait de même pour les adultes.

Au bout d'une heure de concentration, elle dut admettre qu'aucune idée ne lui était venue. C'était comme si le monde des adultes la rejetait.

— Maman, murmura-t-elle.

Comme à chaque fois qu'elle pensait à sa mère, ses souvenirs la projetèrent dans l'accident qui la lui avait arrachée. Rebecca se rappela ce tragique moment. Elle accompagnait sa mère qui avait rendez-vous chez le concessionnaire automobile pour récupérer sa nouvelle voiture.

Rebecca revoyait sa mère au volant très concentrée sur sa conduite mais de cela, elle n'en n'avait rien à faire, elle avait autre chose en tête, elle voulait obtenir son aval pour se rendre le soir même à la fête qu'organisait une camarade voisine.

Devant le refus de sa mère, elle insista :

— Explique-moi pourquoi tu ne veux pas !

— Parce que c'est comme ça, lui répondit sa mère, agacée.

— Ce n'est pas une réponse. Dis-moi pourquoi !

— Je te l'ai déjà dit mille fois… Ta copine reçoit des amis qui ne me plaisent pas.

— Tu ne les connais même pas !

— Je les aperçois parfois de ma fenêtre et ça me suffit.

— Mais maman… Ce sont mes amis aussi…
— Justement…
— Pourquoi ? Pourquoi tu m'interdis ? Tu n'as pas le droit de m'empêcher de les voir !
— Tais-toi !… Tu vois bien que je ne maitrise pas tout à fait cette voiture et…

Et l'accident…

Sa mère fut tuée sur le coup.

Rebecca réussit à s'échapper de la voiture avant qu'elle n'explose.

Sans l'aide d'un psychologue qui s'employa à la convaincre que « nul ne peut échapper à son destin », elle se serait donné la mort. Le thérapeute l'encouragea à écrire pour effacer la culpabilité qui la rongeait.

C'est ainsi que Mirabelle vit le jour.

Rebecca essuya une larme.

Elle tenta encore de trouver matière à écrire mais aucune idée ne lui vint.

Elle songea qu'elle faisait fausse route et renonça à écrire un roman. Elle conserva néanmoins le dossier, quelque chose de plus fort l'empêchait de le supprimer.

Elle se leva et plaça un morceau de bois sur les braises ardentes.

Machinalement, son regard se posa sur son ordinateur.

Et elle poussa un cri…

****

Là ! Sur l'écran ! Prenant toute la page...
Une enfant la regardait.

Et cette enfant était Mirabelle... Mirabelle aux cheveux longs, raides, couleur carotte, tirés en arrière sur un front bombé... Mirabelle aux petites joues roses, aux dents blanches et régulières... Mirabelle... Son héroïne !

Rebecca s'immobilisa, le regard fixé sur l'enfant.

Soudain, les yeux de Mirabelle clignèrent.

Rebecca se raidit.

L'instant d'après, une voix sortit de la bouche de l'enfant :

— Je veux grandir !

Et Mirabelle disparut de l'écran.

La peur s'empara de Rebecca, toutefois, elle ne céda pas à la panique. Elle n'avait rien à craindre d'une image. Certes, Mirabelle avait parlé mais tout n'était que virtuel.

« C'est l'œuvre de Théo, songea-t-elle. »

Son frère était un as de l'informatique, il lui avait rendu visite la veille et il avait emprunté son ordinateur pendant qu'elle préparait le repas. Il avait dû insérer un programme pour la taquiner.

Cette explication lui sembla crédible et elle n'en chercha pas une autre.

Comme si de rien n'était, elle alla jusqu'à la cuisine, fit couler de l'eau dans la cafetière à pression italienne, remplit le filtre de café, assembla les deux parties et installa le tout sur la plaque d'induction.

En même temps qu'elle surveillait la chauffe, elle réfléchissait au pourquoi qui avait conduit son frère à lui faire cette blague et quand elle entendit le sifflement du café qui remontait, elle ressentit une drôle d'impression, c'était comme si elle se réveillait d'un long sommeil.

— Je veux grandir ! murmura-t-elle en imitant la voix de Mirabelle.

Elle sourit car, ces derniers temps, son frère insistait pour qu'elle sorte et il l'encourageait à rencontrer des amis. C'était sans doute sa façon à lui pour lui faire comprendre qu'il était temps qu'elle grandisse dans sa tête.

« Comme ses remarques sur ma vie amoureuse me laissent de marbre, songea-t-elle, il a eu recours à cette nouvelle stratégie… Non… Non, non, se reprit-elle, il voulait juste me faire une farce. »

— Sacré Théo ! dit-elle à haute voix.

Les liens qui unissaient le frère et la sœur étaient puissants. Ils se comprenaient à demi-mot.

****

Rebecca se cala dans le canapé, sa tasse de café à la main. L'image de Mirabelle la tracassait, elle lui était apparue tellement vivante !

Tout à coup, elle s'écria :

— Mais bien sûr ! Pourquoi n'y ai-je pas pensé plus tôt ? Mirabelle sera l'héroïne de mon roman destiné aux adultes. Ce sera facile pour moi de la faire grandir puisque je connais ses réactions, ses aspirations, ses rêves, ses peurs...

« Mais, se corrigea-t-elle en son for intérieur, je sais tout d'elle jusqu'à une certaine limite. »

Il était évident que Mirabelle devait dès le premier chapitre être devenue une adulte et pour ce faire, elle, qui l'avait créée, devait connaître les détails de ce segment de vie où l'on n'est plus un enfant et pas encore un adulte. Il fallait qu'elle explore « l'entre-deux » de son héroïne.

Pour commencer il importait de se poser les bonnes questions.

Rebecca les considéra :

Quelles ont été les épreuves, les joies, les peines, les regrets, les remords qui ont jalonné l'adolescence de Mirabelle et forgé sa façon de penser, d'agir, de réagir, de vivre ? De quelle femme, l'enfant qu'elle avait été, a-t-elle accouché ?

« Si je savais qui elle fréquentait en tant qu'adulte, pensa la jeune femme, ça m'aiderait. »

La conversation, qu'elle avait eue avec son voisin, lui revint et comme une évidence, elle décida que Mirabelle serait une des amies intimes du docteur.

****

Rebecca avait glané un nombre suffisant de documents sur le net pour être en mesure d'ébaucher une histoire en rapport avec ce monde qui lui était étranger.

Elle s'installa devant son ordinateur.

CHAPITRE 1 :
Mirabelle a sorti sa panoplie de parade.

Le trait de crayon noir qui souligne le contour de ses yeux et les couches successives de mascara mettent en valeur le dégradé de violet qui ombre ses paupières. Les sourcils redessinés au fard rehaussent le regard. La bouche est couverte d'un gloss aubergine.

Une bague habille chacun des doigts terminés par des ongles trempés dans une texture noire. Les poignets portent l'un et l'autre un bracelet en argent massif d'une largeur avoisinant les quatre centimètres.

Une robe très courte en latex, échancrée sur le devant, cache à peine une forte poitrine comprimée dans des bonnets moulés. Les pieds sont chaussés de talons aiguille. Un collant noir à résille couvre des jambes fines.

Le dos face à l'homme, elle fait un demi-tour sur elle-même.

Il est nu, assis sur le lit et porte un collier pour chien en cuir épais décoré de gros clous ronds à griffes.

Il la contemple.

Elle claque ses talons sur le carrelage.

— T'ai-je permis de me regarder ? lui dit-elle. Tu mérites une correction.

Dans un geste précis, elle empoigne sa longue chevelure rousse, donne plusieurs coups de ciseaux dedans et noue le tout avec un ruban de satin noir. En un tour de main, elle fabrique un martinet. Elle s'approche de lui, le pousse en arrière l'obligeant à s'allonger sur le dos puis elle caresse le corps de l'homme un peu comme si elle dépoussiérait un objet précieux. Après une seconde de répit, la douceur fait place à la violence. Mirabelle laisse courir la masse de cheveux sur le corps de l'homme en augmentant toujours plus la puissance de la frappe.

Il se retient pour ne pas hurler. Il voudrait lui dire d'arrêter mais il est hors de question qu'il s'abaisse à lui demander grâce. Maintenant la douleur et le plaisir se synchronisent et se confondent.

Plus Mirabelle tape, plus il se soumet.

Les doigts de Rebecca se figèrent sur le clavier.

« Non, se récria-t-elle au fond d'elle, Mirabelle est une enfant, une enfant qui évolue dans l'univers des enfants. Elle doit rester une enfant. »

Et elle emprisonna à nouveau son héroïne dans l'alvéole de l'innocence.

****

Rebecca avait effacé son premier chapitre et déconnecté son ordinateur mais elle devait aussi chasser la petite fille de sa tête.

Elle décida donc de prendre l'air en se rendant dans la ville voisine.

Elle troqua son jogging pour une tenue plus habillée, enfila son manteau et noua une grosse écharpe autour du cou.

Avant de se chausser, elle retourna dans son bureau pour s'assurer que le miroir était bien en place et qu'il ne risquait pas de tomber.

Elle ne sous-estimait pas les compétences de Théo qui le lui avait accroché mais elle ne pouvait s'empêcher d'aller vérifier.

C'était devenu un rite à cause de l'inscription gravée dans la moulure qu'elle avait découverte deux soirs après son emménagement.

Elle avait dû la lire avec une loupe tant les lettres rondes tracées à la plume fine avec pleins et déliés étaient minuscules.

Quelqu'un avait écrit :
« Moriatur quicumque me franget ! »

Se référant à ce qu'il lui restait de ses connaissances de la langue latine apprise en classe, elle en avait décrypté la signification :

« Mort à quiconque me brisera ! »

****

Elle se rappela combien ça lui avait remué le ventre à l'époque parce que, pour rajouter à son malaise, juste à ce moment-là, madame Picardo avait frappé à la porte. Elle venait se présenter et lui souhaiter la bienvenue.

La jeune femme l'avait invitée à entrer jusqu'au salon. À peine assise sur le canapé, et de l'angle d'où elle se trouvait, madame Picardo avait aperçu le miroir.

Son visage avait changé de couleur.

— On dirait le miroir de madame Lorry.

— Madame Lorry ? avait sourcillé Rebecca.

— Notre voisine. À vous et moi.

— Je ne l'ai pas encore vue.

— Vous ne la verrai jamais, elle est morte.

— Je suis désolée…

— Ne le soyez pas, l'avait coupée madame Picardo, on se connaissait à peine. Elle était très… Comment vous dire… Très personnelle. Elle n'est jamais venue au club de scrabble. Vu les circonstances de sa mort, la maison n'a pas encore trouvé acquéreur.

— Vous éveillez ma curiosité…

— Ce miroir, ce miroir-là, il était à elle.

— Je l'ai trouvé dans le placard de l'entrée le jour où j'ai emménagé.

— C'est curieux… Très curieux…

Madame Picardo avait baissé la voix.

— Écoutez bien ce que je vais vous raconter ! C'était pendant les vacances scolaires de Noël, madame Lorry gardait sa petite-fille de dix ou douze ans ou peut-être quatorze ou quinze mais ça n'a pas d'importance… Ce jour-là, à midi, les volets étaient encore fermés. Ça me paraissait louche, je l'ai dit à mon mari. Évidemment, comme d'habitude, il m'a répondu que c'était pas mes oignons. Vers les 14 heures, j'ai senti une odeur de feu, je suis sortie et j'ai vu des flammes sortir de la cheminée. J'ai dit à mon mari « faut appeler les pompiers ».

— Et ?

— Il l'a fait, figurez-vous ! Les pompiers sont arrivés. Malheureusement, c'était trop tard pour la petite. C'était affreux…

— Et la grand-mère, où était-elle ?

— À côté de ce qui restait de sa petite-fille.

— Comment savez-vous tout ça ?

— Pendant que mon mari racontait aux gendarmes ce qu'il avait vu, c'est-à-dire rien, je suis allée voir plus près. J'en suis encore traumatisée, croyez-moi, et les images reviennent parfois.

— Pourquoi vouliez-vous à tout prix voir ?

— Appelez ça comme vous voulez… J'ai toujours été curieuse.

Madame Picardo s'était mise à pleurer.

Elle semblait très affectée et entre deux sanglots, après avoir hoqueté bruyamment, elle avait réaffirmé que le miroir était celui de madame Lorry.

Elle l'avait vu. Il était près du corps de la petite.

Madame Picardo avait reniflé très fort et avait ajouté :

— Le lendemain, le commissaire ou le lieutenant ou... Enfin, bref... Un agent de police a sonné à la maison pour m'interroger. Comme j'étais allée une ou deux fois rendre visite à madame Lorry, nous sommes retournés là-bas pour le cas où je remarquerais « quelque-chose de bizarre », a-t-il dit. Les corps avaient été ôtés et le miroir n'y était plus pourtant rien ne doit être supprimé ou remplacé sur une scène de crime. En tout cas, c'est comme ça que ça se passe dans les séries télé. Vous êtes d'accord ?

— Oui, oui. Vous le lui en avez fait la remarque, je suppose.

— Eh bien, non ! Son téléphone a sonné, il est parti en me disant que l'interrogatoire était terminé. La disparition de ce miroir m'a longtemps turlupinée, après j'ai essayé de ne plus y penser et je n'y pensais plus jusqu'à aujourd'hui.

— Je suis désolée d'avoir remué tous ces souvenirs... Vraiment désolée...

— Vous ne pouviez pas deviner...

Madame Picardo avait posé sa main glacée sur celle de Rebecca.

— Tout ça me retourne, vous comprenez... Le miroir avait disparu. Madame Lorry m'avait affirmé qu'il était unique. Et maintenant vous me dites que son miroir se trouvait dans le placard de votre entrée.

— J'ignore comment il est arrivé là.

— Ça me revient ! s'était écriée soudain madame Picardo, celui qui était près de la petite était brisé. Mais oui ! Comment ai-je pu oublier ce détail ? C'est évident, ça ne peut pas être le même. Ce n'est pas celui-ci.

— Le mien porte une inscription. Le temps d'aller chercher une loupe et je vous montre…

— Excusez-moi ! Je ne sais pas ce qui m'a pris. Je vous ai dérangée, l'avait interrompue madame Picardo trop plongée dans ses souvenirs pour avoir entendu les derniers mots de Rebecca.

— Mais non voyons, j'étais heureuse de faire votre connaissance, avait répondu la jeune femme sans insister car madame Picardo s'était levée et prenait la direction de la sortie.

Aucune n'avait plus jamais abordé le sujet.

D'ailleurs, ce jour-là, Rebecca avait décidé de ne parler à personne de cette inscription, y compris à son frère.

Prostrée devant cette grande glace qui lui mangeait le visage, la jeune femme murmura : « Mort à quiconque me brisera ! ».

Le miroir lui renvoya des yeux remplis de peur. Elle déglutit. Sa salive resta coincée dans sa gorge. Le clapet de son œsophage se contracta.

Elle avait beau se dire qu'elle avait été la cible d'une plaisanterie de la part de son frère, une vive anxiété lui secoua les intestins, des aigreurs lui remontèrent jusqu'au palais.

Elle composa le numéro de téléphone de Théo.

Il lui avouerait sa farce et ils en riraient ensemble. Elle entendit la première sonnerie, la deuxième, la troisième, et le répondeur. Elle remit son appel à plus tard.

****

Rebecca démarra. Arrivée au centre ville, elle se gara devant une boutique de vêtements, entra, essaya un jeans, une jupe et un pull. Le jeans bâillait dans le dos, la jupe était trop courte, le pull en pure laine lui provoqua immédiatement des démangeaisons et elle quitta le magasin sans rien n'avoir acheté.

Quand son ventre lui rappela qu'il était l'heure de déjeuner, elle poussa la porte d'un restaurant italien.

Comme elle était montée à l'étage, elle avait une vue prenante sur la rue et par le fait, sur le cinéma qui s'y trouvait.

Son regard s'attarda sur une affiche posée à l'entrée. Le titre du film s'étalait en gros caractères : *Black Swan*. Le long métrage, réalisé par Darren Aronofsky, était salué par la critique qui ne tarissait pas d'éloges sur la prestation de Natalie Portman, l'actrice qui tenait le rôle principal.

« Ça me changerait les idées, songea Rebecca. »

Elle consulta son téléphone pour connaître les horaires des séances. La prochaine commençait à quatorze heures, elle avait une heure devant elle.

Elle commanda une pizza aux fruits de mer.

Elle ne cessait de penser à Mirabelle. Elle revoyait ses yeux, sa bouche, elle entendait sa voix, sa prière. Plus elle chassait son image, plus elle lui revenait.

Comment son frère avait-il réussi à faire entrer cette enfant virtuelle dans son ordinateur ? Elle savait qu'il était doué mais là, il s'était surpassé.

D'un coup, une voix d'enfant brisa ses pensées. La voix venait de loin et le son qui lui parvenait était brouillé. Elle se retourna. Aucune enfant ! Ni derrière, ni à droite, ni à gauche.

Le serveur s'avança avec le plat qu'elle avait commandé, il lui demanda poliment si elle attendait quelqu'un.

— Non, non, lui répondit-elle.

Il allait partir quand elle l'arrêta.

— Excusez-moi, y a-t-il des enfants ici ?

— Pour l'instant, aucun.

— Aucun ? Vous êtes sûr ?

— Euh oui, oui…

— Vous n'avez pas vu une petite fille ?

— Je place tous les clients et je n'ai fait entrer aucune petite fille aujourd'hui, lui assura le serveur avec un sourire poli.

« Calme-toi ! se raisonna Rebecca. Arrête de penser à elle !… »

La jeune femme déjeuna sans réel plaisir et ne toucha qu'à la moitié de son plat. Même le café ne passait pas, elle lui trouva un goût amer malgré les deux morceaux de sucre qu'elle avait ajoutés.

****

La salle de projection était d'une taille moyenne. Rebecca s'assit au milieu du dernier rang.

Dès les premières images du film, dès les premières notes de musique, dès les premiers pas de danse, elle éprouva de l'empathie pour Nina, la jeune danseuse qui déployait ses ailes tantôt blanches, tantôt noires.

Pureté et noirceur de l'âme, clarté et obscurité, étrangeté de la douceur qui devenait violence pour tenter d'atteindre la perfection.

Rebecca s'identifia plusieurs fois à l'héroïne et à la fin du film, elle quitta la salle avec regret.

Une fois dans la rue, l'image de la petite fille qui voulait grandir revint la harceler.

Elle essaya à nouveau de téléphoner à Théo. À l'autre bout du fil : le répondeur. Encore une fois, elle ne laissa pas de message se disant que son numéro s'afficherait sur le téléphone de son frère et qu'il la rappellerait.

Elle se promena au hasard des rues.

C'est seulement quand le ciel s'assombrit, qu'elle se résolut à rentrer.

Tout au long du chemin, une phrase du film lui revenait inlassablement, le directeur artistique avait dit à la jeune danseuse :

— Ta seule ennemie, c'est toi-même.

****

Accroupie devant le feu de la cheminée, Rebecca ajouta une bûche.

Quand elle se releva, son visage rencontra celui du miroir, elle resta ainsi, étudiant sa mimique, la même que celle qu'elle crayonnait sur le visage de Mirabelle quand elle s'interrogeait.

En l'occurrence, ici, la question était de savoir si, oui ou non, elle devait allumer son ordinateur.

Elle passa la main dans ses cheveux, balaya des yeux l'espace pour y trouver une réponse et sa question investit la pièce entière.

Il était évident que si elle gardait son ordinateur éteint, l'écran resterait noir ; dans le cas contraire, elle courait le risque de voir réapparaître Mirabelle.

Après avoir pesé le pour et le contre, elle se risqua à appuyer sur le bouton de connexion de son ordinateur.

Tout semblait normal et deux minutes plus tard, sa supposition se confirma, il n'y avait donc pas urgence à rappeler son frère.

Elle ouvrit sa boite mail, répondit à son éditeur qui lui demandait ses disponibilités pour une dédicace dans une grande librairie parisienne.

Elle laissa l'ordinateur connecté et se prépara un bouillon de vermicelle, coupa une tranche de pain et un morceau de fromage.

Elle déposa le tout sur un plateau-repas et s'installa devant son poste de télévision.

Après les actualités de la journée relayées par la chaîne de télévision, elle éplucha une pomme et prolongea la soirée avec le film proposé : un Woody Allen. Elle avait vu tous les films du réalisateur excepté celui-là : *Match Point*. Le sujet la captiva au point qu'elle oublia Mirabelle.

****

Le film était terminé. La jeune femme éteignit son poste de télévision.

Le crépitement discret des flammèches offrait une douce ambiance à l'espace et malgré l'heure avancée, elle n'avait pas sommeil, elle prit place devant son ordinateur.

L'écran de veille représentait Peter Pan dans son costume vert assis en tailleur les mains sur ses babouches. Il regardait la fée Clochette qui se prélassait au cœur d'une marguerite.

Rebecca sourit, elle avait une tendresse particulière pour Peter Pan. Il était le héros du premier livre qu'elle avait réussi à lire seule.

Subitement, l'écran devint noir.
Une ombre traversa le miroir.
Rebecca se retourna d'un mouvement vif.
Personne !
Du moins en apparence car brusquement, une voix :
— Je veux grandir !
L'enfant revenait.

Secouée par un début de folie, Rébecca se mit en tête que l'esprit de Mirabelle s'était échappé de son imagination et bien qu'il fût invisible à ses yeux, il était présent.

Elle supposa avoir la faculté de faire vivre son personnage au-delà de son impression sur papier, au-delà de son image sur ordinateur.

La jeune femme frissonna.

Plus les minutes s'écoulaient et plus elle était persuadée que Mirabelle la côtoyait et guidait ses doigts sur le clavier.

Les éléments s'emboitaient parfaitement : la voix qu'elle entendait était celle d'une enfant prisonnière d'une errance éternelle qui, pour vivre au grand jour, se fondait dans l'enveloppe charnelle de son héroïne aux cheveux couleur carotte.

Elle songea au jour où madame Picardo lui avait rendu visite et lui avait parlé du drame qui s'était déroulé dans la maison Lorry.

— Où es-tu petite fille ? dit-elle tout haut. Est-ce toi qui a pris possession de l'âme de Mirabelle ?

En écho, la voix :

— Je veux grandir !

L'enfant lui répondait, preuve incontestable qu'elle était vivante.

Les pensées de Rebecca sombrèrent dans un tsunami où toute logique s'enlisa dans le dissentiment le plus complet.

— Montre-toi ! ordonna-t-elle.

Et le visage de Mirabelle apparut dans le miroir.

— Je rêve, répéta plusieurs fois Rebecca, avec un sursaut de discernement, elle n'est pas là, j'ai des visions.

Pourtant toujours cette même prière dans la voix de la fillette…

— Je veux grandir !

Rebecca perdit ses repères et s'abandonna à la peur. Son cœur tambourina des accords chaotiques.

Son corps devenait lourd, ses membres s'ankylosaient et dans un mouvement lent, elle posa ses pieds sur le support des quatre roulettes de sa chaise, plia son dos, laissa tomber sa tête et la prit entre ses mains.

Enrouement sur soi.

Protection de survie.

Elle resta ainsi, tapie et clouée sur sa chaise.

L'enfant fit une courte pause puis sa voix reprit.

Différemment.

Elle se multipliait.

Rebecca assista à une cacophonie, un concert à plusieurs voix où l'intensité sonore grimpait dans un crescendo effrayant.

La jeune femme ne bougeait pas.

Et l'enfant continuait à la supplier :

— Je veux grandir ! Je veux grandir !

Et puis…

Et puis, l'enfant cria.

Trop fort.

— Stop ! Tais-toi ! hurla à son tour Rebecca.

Mais l'enfant cria plus fort encore.

Emportée dans une panique destructrice, Rebecca attrapa ses cheveux et tira… tira… et tira jusqu'à ce que la douleur poussée à son paroxysme stoppe son égarement. Elle ouvrit ses mains. Au creux de chacune, elle découvrit une grosse masse de cheveux. Elle pleura sur la voix de l'enfant qui ne cessait de l'implorer.

****

Dans un regain d'énergie, la jeune femme débrancha son ordinateur et le jeta aux flammes. Après quoi, elle ouvrit les tiroirs de son bureau, s'empara des classeurs, cahiers, feuilles, livres qui se rapportaient à Mirabelle et les lança dans le feu.

— Je ne veux plus te voir, criait-elle, disparais de ma vie ! Je ne veux plus te voir. Je ne …

Elle s'interrompit.

Et recula.

L'enfant était assise au milieu des flammes.

Mirabelle brûlait par sa faute… Sa faute à elle, à elle qui lui avait donné vie.

La fillette s'agrippait aux parois du foyer de la cheminée en répétant :

— Je veux grandir !

Les flammes gravitaient autour de ce corps d'enfant inerte, ce corps qui maintenant était couvert d'un drap de feu.

Seuls, les cheveux étaient épargnés.

— Sauve-moi ! Je veux grandir ! Sauve-moi ! Je veux grandir ! quémandait la petite fille. Sauve-moi ! Je veux grandir ! Sauve-moi !

Les larmes inondaient le visage de Rebecca, ses mains tremblaient, son corps avait du mal à rester en équilibre.

Peu à peu, la voix perdait de sa puissance.

— Je veux grandir ! Sauve-moi ! suppliait-elle.

Et Rebecca sanglotait :

— Est-ce que je suis morte ?

— Sauve-moi !

— Est-ce que je suis en enfer ?

— Je veux grandir !

— Est-ce que je deviens folle ?

— Sauve-moi ! Je veux grandir ! mendia l'enfant dans un dernier souffle.

****

La silhouette de Mirabelle disparaissait peu à peu. Bientôt, il ne resta d'elle que les cendres.

Rebecca s'approcha.

Le miroir s'embrumait.

Les yeux de la jeune femme se plaquèrent dessus.

Son visage la regardait…

Mais…

Mais il était encadré par ces cheveux…
Ces cheveux-là qui ne lui appartenaient pas…
Ces cheveux qui avaient poussé d'un coup…
Ces cheveux couleur de la carotte.

L'apparition de cet autre moi déclencha en elle un rire, un rire qui venait du ventre, puis ce rire se transforma, une voix émergea de son être, une voix qu'elle reconnut.

— Je suis grande et je vais faire tout ce que tu n'as pas osé faire ! Tu es passée à côté de l'extraordinaire, tu n'as jamais connu la passion, tu n'as jamais osé dire à un homme que tu le désirais, que tu…

— Nonnnnnn ! hurla la bouche de Rebecca.

Mais l'autre voix, celle qui venait de l'intérieur, prit le dessus :

— Moi, Mirabelle, j'ose… J'ose te dire que j'ose…

— Nonnnnnn !

— Je suis grande !… Grande !… Grande !… Grande !… Grande !…

Rebecca se jeta sur le miroir, le cogna, le fit éclater en morceaux.

— Moriatur quicumque me franget, cria une voix d'enfant.

— Où es-tu ? Où es-tu ? hurla Rebecca en s'approchant de la cheminée.

D'un coup, une main la saisit et l'entraina dans les flammes.

Le feu perdit tout contrôle. Les langues rouges grandissaient, se ramifiaient, s'allongeaient et prirent possession de la pièce, de la chambre, de la maison entière.

Une traînée de feu coupa le ciel en deux.

Monsieur Picardo appela les pompiers.

****

Deux ans déjà que le drame a eu lieu.

Théo marche autour de ce qu'il reste de la maison et entre au milieu.

On l'a soupçonné d'avoir tué sa sœur, lui, le frère, le seul héritier. Une enquête a été diligentée. Aucune preuve n'a été retenue contre lui. Il adorait sa sœur, tous pouvaient en témoigner.

Aujourd'hui, les fenêtres servent d'abri-relais aux oiseaux de passage.

Les murs sont calcinés.

Théo devine le canapé, l'ordinateur, la cheminée.

— Pourquoi tu t'es jetée dans les flammes, murmure-t-il, pourquoi tu as fait ça ? Pourquoi tu ne m'as pas parlé avant ? Pourquoi tu ne t'es pas confié à moi ? Pourquoi ?

Il marche lentement, arpente chaque parcelle et laisse les souvenirs défiler dans sa tête.

Il veut emporter avec lui ces images pour ne jamais les oublier.

Il sait qu'il ne reviendra plus.

Le matin, il a signé l'acte de vente. Le terrain et les restes de la maison appartiennent désormais à un jeune couple. Tout va être nettoyé, une autre maison remplacera celle de Rebecca, elle sera plus grande avec une chambre supplémentaire.

« Pour la petite, avait dit sa mère. »

Perdu dans ses réminiscences, Théo heurte une partie de la moulure qui ornait la glace du salon. Il aperçoit un éclat du miroir, il le ramasse.

Au creux de sa main, lui apparait le visage de Rebecca… Non… Celui de Mirabelle…

L'apparition était si furtive…

— C'est trop dur, murmure-t-il en frottant ses yeux humides. Tous ces souvenirs ! C'est comme si elle était encore là.

Il jette le morceau de la glace au sol.

— Adieu, petite sœur ! Tu resteras toujours dans mon cœur.

Il s'éloigne.

Soudain, une voix derrière lui…

Une voix d'enfant…

— Théo ! Théo ! Il faut que tu m'expliques ! Théo ! Théo ! Explique-moi !

Expliquer quoi ?
Il ne s'est pas retourné et il a marché plus vite.

****

Bibliographie

Littérature adulte
- Hier il sera trop tard *(roman)*
- Frissons sur la toile *(roman)*
- Amours en cascade *(nouvelles)*
- La poupée qui chantait et autres histoires fantastiques.

Comédies théâtre
- Une inconnue dans la glace *(3 F - 1 H)*
- J'ai épousé ma liberté *(2 F - 2 H)*
- La vie qui file *(2 F - 2 H)*
- Nos actes manqués *(1 F min. 60 ans)*

Contes jeunesse *(à partir de 6 ans)*
- Malicia, la sorcière au poil
- Hanayoko et le Bonhomme Kamishibaï
- Un amour de vache
- La prairie enchantée et Trobelle la coccinelle née un 29 février
- Histoire d'en rire *(expressions abracadabrantes expliquées aux enfants)*

Théâtre jeunesse à jouer par les enfants
- Ado c'est mieux *(dès 7 ans)*
- Au pays des enfants *(dès 5 ans)*
- Au secours la Terre est malade *(dès 5 ans)*
- Par le petit bout de la lorgnette *(dès 7 ans)*
- Les jouets se font la malle *(dès 5 ans)*
- La sorcière à moustache *(dès 7 ans)*

---

genevieve.steinling@gmail.com
Site : https://genevieve-steinling.com/